D1346371

DRUGIE ŻYCIE
BREE TANNER

STEPHENIE MEYER

Drugie życie Bree Tanner

NA MOTYWACH ZAĆMIENIA

przełożyła
Dobromiła Jankowska

Wydawnictwo Dolnośląskie

Tytuł oryginału
The Short Second Life of Bree Tanner. An Eclipse Novella

Projekt okładki
Gail Doobinin

Fotografia na okładce
© Roger Hagadone
Jacket © 2010 Hachette Book Group, Inc.

Redakcja
Iwona Huchla

Korekta
Maria Derwich, Urszula Włodarska

Redakcja techniczna
Adam Kolenda

ISBN 978-83-245-8981-4

Wrocław

Wydawnictwo Dolnośląskie
50-010 Wrocław, ul. Podwale 62
oddział Publicat S.A. w Poznaniu
tel. 71 785 90 40, fax 71 785 90 66
e-mail: wydawnictwodolnoslaskie@publicat.pl
www.wydawnictwodolnoslaskie.pl

Dla Asyi Muchnick i Meghan Hibbett

Wstęp

Nie ma dwóch pisarzy, którzy opisywaliby świat dokładnie w ten sam sposób. Wszystkich nas inspirują i motywują różne rzeczy; mamy własne powody, by zostawiać niektórych bohaterów, podczas gdy inni znikają w stosie odrzuconych plików. Osobiście nigdy tak naprawdę nie rozgryzłam, dlaczego niektóre z moich postaci zaczynają żyć własnym życiem, ale zawsze mnie to cieszy. O tych właśnie najłatwiej mi się pisze i to ich historie zwykle zostają dokończone.

Bree jest jedną z takich postaci i najważniejszym powodem, dla którego ta opowieść znajduje się teraz w Waszych rękach, a nie leży porzucona w labiryncie komputerowych folderów mojego komputera. (Pozostałe dwa powody to Diego i Fred). Zaczęłam więcej myśleć o Bree, kiedy redagowałam *Zaćmienie*. Redagowałam, nie pisałam – bo gdy pisałam pierwszy szkic tej powieści, założyłam ciemne okulary pierwszo-osobowej narracji, więc wszystko to, czego Bella nie mogła zobaczyć, usłyszeć, poczuć czy posmakować, nie miało znaczenia. To była wyłącznie jej opowieść.

Następnym etapem pracy nad książką było odejście od punktu widzenia Belli i spojrzenie na toczącą się historię jako całość. Moja redaktorka Rebecca Davis bardzo mi wtedy pomogła, zadając mnóstwo pytań o to, czego Bella nie wiedziała, a więc — jak można by pewne części jej historii poszerzyć. Skoro Bree jest jedyną nowo narodzoną, jaką spotyka Bella, to właśnie z perspektywy Bree zaczęłam przede wszystkim spoglądać na to, co działo się za kulisami. Myślałam o życiu w piwnicy z innymi nowo narodzonymi i o klasycznym wampirzym polowaniu. Wyobrażałam sobie świat oczami Bree. To było łatwe. Od samego początku postać Bree miała jasny zarys i niektórzy z jej przyjaciół także bez trudu zrodzili się do życia. Zwykle tak właśnie ze mną jest: próbuję napisać streszczenie tego, co dzieje się w innej części danej historii, a potem „niechcący" zaczynam tworzyć do niej dialogi. W tym wypadku złapałam się na tym, że zamiast streszczenia piszę opowieść o dniu z życia Bree.

Pierwszy raz weszłam w rolę narratora będącego prawdziwym wampirem — łowcą, potworem. Czerwonymi oczami Bree patrzyłam na nas, ludzi, widząc, jak jesteśmy żałośni i słabi, jak łatwy stanowimy cel. Nasze istnienie nie ma żadnego znaczenia, jesteśmy jedynie smaczną przekąską. Zrozumiałam, jak to jest żyć wśród wrogów, będąc zawsze czujną, w ciągłej niepewności, w poczuciu zagrożenia. Musiałam wczuć się w zupełnie inny gatunek wampira: nowo narodzoną. Życie nowo narodzonego to jeden z elementów, którego nigdy nie zdążyłam opisać – nawet gdy Bella w końcu zmieniła się w wampira. Ale Bella nigdy nie była „noworodkiem" tak jak Bree, której historia stała się ekscytująca i smutna, a jej zakończenie – tragiczne. Im bardziej zbliżałam się do nieuniknionego końca, tym mocniej żałowałam, że nie zakończyłam *Zaćmienia* nieco inaczej.

Ciekawa jestem, czy spodoba się Wam Bree. W *Zaćmieniu* jest właściwie niewiele znaczącą postacią. Z punktu widzenia Belli żyje zaledwie pięć minut. A jednak jej historia jest bardzo ważna dla zrozumienia całej powieści. Czy po przeczytaniu fragmentu, w którym Bella wpatruje się w Bree i rozmyśla o swojej przyszłości, kiedykolwiek zastanawialiście się, co właściwie sprowadziło Bree na tę polanę w tamtej właśnie chwili? Czy gdy Bree patrzy na Bellę i Cullenów, pomyśleliście, jak ich postrzega? Przypuszczam, że nie. A nawet jeśli tak, to na pewno nie odgadlibyście jej sekretów.

Mam nadzieję, że polubicie Bree równie mocno jak ja, choć to nieco okrutne życzenie. Wiecie już przecież, że nie będzie pozytywnego zakończenia. Ale przynajmniej poznacie całą historię. I dowiecie się, że nie istnieje coś takiego jak niewiele znaczący punkt widzenia.

Miłej lektury,
Stephenie

Z małej metalowej skrzynki na gazety atakował mnie prasowy nagłówek: SEATTLE OBLĘŻONE – LICZBA OFIAR ROŚNIE. Akurat tego jeszcze nie widziałam. Pewnie gazeciarz dopiero przed chwilą dołożył świeże wydanie. Na swoje szczęście zniknął już z zasięgu mojego wzroku.

No to pięknie! Riley wpadnie w szał. Lepiej, by nie było mnie w pobliżu, gdy zobaczy te tytuły. Pozwolę, żeby kto inny oberwał.

Stałam w cieniu, tuż za rogiem obskurnego, trzypiętrowego budynku, próbując nie rzucać się w oczy i czekając, aż ktoś podejmie w końcu jakąś decyzję. Wolałam nie przyciągać spojrzeń przechodniów, wpatrywałam się więc w dom. Na parterze mieścił się tu kiedyś sklep z płytami, lecz już dawno go zamknięto; okna powybijane przez chuliganów albo złą pogodę miały dyktę zamiast szyb. Na górze znajdowały się mieszkania – prawie na pewno puste, bo nie dochodziły do mnie żadne odgłosy śpiących ludzi. Nic zresztą dziwnego, cały ten budynek sprawiał wrażenie, jakby miał się zawalić od lada podmuchu. Tak samo jak wszystkie pozostałe po drugiej stronie wąskiej, ciemnej ulicy.

Zwykła sceneria naszego nocnego wypadu na miasto.

Nie chciałam się odzywać i zwracać na siebie uwagi, ale marzyłam, by ktoś w końcu coś zadecydował – cokolwiek. Musiałam się napić i nie obchodziło mnie, czy pójdziemy w lewo, czy w prawo, czy w górę, po dachu. Chciałam tylko znaleźć jakichś nieszczęśników, którzy nie zdążyliby nawet pomyśleć, że znaleźli się w niewłaściwym miejscu i czasie.

Niestety, dziś wieczorem Riley wysłał mnie na miasto z dwoma najbardziej bezużytecznymi wampirami, jakie kiedykolwiek istniały. Ale zdaje się, że nigdy go nie obchodziło, kto wchodzi w skład grupy polującej. Denerwował się za to, gdy po wysłaniu niedobranej ekipy wracało nas do domu mniej, niż z niego wyszło. Dzisiaj byłam skazana na Kevina i jakiegoś blond szczeniaka, którego imienia nie znałam. Obaj należeli do gangu Raoula, więc z założenia wiadomo było, że są głupi. I niebezpieczni. Ale w tej chwili bardziej należało się obawiać ich głupoty.

Zamiast wybierać kierunek polowania, nagle zaczęli się kłócić o to, który z ich ulubionych superbohaterów byłby lepszym łowcą. Bezimienny blondynek opowiadał się za Spider-Manem, zwinnie wspinając się na ceglany murek i nucąc melodię z kreskówki. Westchnęłam z irytacją. Czy kiedykolwiek zaczniemy to polowanie?

Nagle zauważyłam nieznaczny ruch po mojej lewej stronie. Acha, to ten, którego Riley wysłał z dzisiejszą ekipą, Diego. Niewiele o nim wiedziałam, tyle tylko, że był starszy niż większość z nas. Prawa ręka Rileya – tak można go było określić. Ale bynajmniej nie lubiłam go z tego powodu bardziej niż pozostałych idiotów.

Diego spojrzał na mnie; pewnie usłyszał moje westchnienie. Odwróciłam wzrok.

Nie wychylaj się i trzymaj gębę na kłódkę – tylko tak można było przeżyć w bandzie Rileya.

– Spider-Man to jęczący mięczak! – zawołał Kevin do blondynka. – Pokażę ci, jak poluje prawdziwy superbohater. – Uśmiechnął się szeroko, błyskając zębami w świetle ulicznych latarni.

Wyskoczył na środek ulicy, kiedy światła zbliżającego się samochodu obmyły białoniebieskim blaskiem popękany chodnik. Wyprostował się, a potem powoli rozłożył ręce niczym zapaśnik przygotowujący się do walki. Auto było coraz bliżej; kierowca czekał zapewne, aż Kevin zejdzie z drogi, jak postąpiłby każdy normalny człowiek. Jak p o w i n i e n postąpić.

– Hulk zły! – wrzasnął Kevin. – Hulk... ŁUP!

Skoczył do przodu, wprost na nadjeżdżające auto, zanim zdążyło zahamować. Chwycił przedni zderzak i rzucił pojazdem przez głowę. Samochód wylądował na chodniku do góry kołami, towarzyszył temu huk gniecionego metalu i tłuczonego szkła. W środku zaczęła krzyczeć kobieta.

– O rany, koleś! – odezwał się Diego, kręcąc głową.

Był uroczy – ciemne, gęste, kręcone włosy, duże oczy i pełne usta, ale w końcu: któż z nas nie był uroczy? Nawet Kevin i reszta pacanów Raoula odznaczali się niezwykłą urodą.

– Kevin, mieliśmy się nie wychylać. Riley powiedział...

– „Riley powiedział"! – Kevin przedrzeźniał Diega piskliwym głosikiem. – Wrzuć na luz, Diego. Rileya tu nie ma.

Kevin przeskoczył przez wywróconą hondę i wybił pięścią szybę, która do tej pory jakimś cudem pozostała nietknięta. Włożył rękę do środka, by przez rozbite szkło i sflaczałą poduszkę powietrzną dosięgnąć kierowcy.

Odwróciłam się i wstrzymałam oddech, ze wszystkich sił próbując się skoncentrować. Nie mogłam patrzeć, jak Kevin się pożywia – sama byłam bardzo spragniona, a nie chciałam wszczynać z nim walki. Nie zamierzałam znaleźć się na liście wampirów do odstrzału.

Blondasek nie miał za to żadnych skrupułów. Odbił się od ceglanego murka i wylądował bezszelestnie tuż za mną. Słyszałam, jak kłóci się z Kevinem, a potem rozległ się wilgotny dźwięk rozdzieranego ciała. Krzyk kobiety nagle ucichł, gdy zaczęli rozrywać ją na strzępy.

Próbowałam o tym nie myśleć. Ale czułam żar, słyszałam te odgłosy i choć nie oddychałam, zaczęło palić mnie w gardle.

– Zmywam się stąd – usłyszałam szept Diega.

Zniknął nagle w zaułku między ciemnymi budynkami, a ja bez namysłu ruszyłam za nim. Musiałam się stąd wynieść jak najszybciej, bo niewiele brakowało, a wdałabym się w walkę z chłoptasiami Raoula o ciało, w którym już i tak nie zostało zapewne wiele krwi. A potem mogłoby się okazać, że tym razem to ja nie wróciłam do domu. Rany, ależ mnie paliło w gardle! Zacisnęłam zęby, by nie zacząć krzyczeć z bólu.

Diego ruszył przez zaśmieconą boczną uliczkę, a gdy dotarł do jej ślepego końca – wbiegł po ścianie. Wdrapałam się tuż za nim, wciskając palce w szczeliny między cegłami. Gdy dotarliśmy na dach, Diego przyspieszył, z lekkością przeskakując na kolejne dachy i kierując się w stronę świateł lśniących nad cieśniną. Trzymałam się blisko. Byłam młodsza od niego, a więc i silniejsza (dobrze, że my – młodsi – byliśmy najsilniejsi, inaczej nie przeżylibyśmy nawet pierwszego tygodnia w domu Rileya). Mogłam z łatwością wyprzedzić Diega, ale chciałam zobaczyć, dokąd zmierza, a poza tym wolałam nie mieć go za plecami.

Diego nie zatrzymywał się przez wiele kilometrów; dotarliśmy do przemysłowej części portu. Słyszałam, jak mamrocze coś pod nosem.

– Idioci! Nie rozumieją, że Riley wydał nam te instrukcje z jakiegoś powodu. Aby zachować gatunek, na przykład. Nie można od nich wymagać choćby odrobiny zdrowego rozsądku?

– Hej! – zawołałam. – Zaczniemy wreszcie polowanie? Gardło pali mnie jak szalone.

Diego wylądował na krawędzi ogromnego dachu jakiejś fabryki i odwrócił się. Cofnęłam się natychmiast na wszelki wypadek, ale o dziwo nie uczynił w moim kierunku żadnego agresywnego gestu.

– Tak – odparł. – Chciałem tylko oddalić się od tych idiotów.

Uśmiechnął się przyjacielsko, ale nie spuszczałam z niego wzroku. Diego wydał mi się inny od pozostałych. Był taki... spokojny, to chyba najlepsze określenie. Normalny. Jego oczy miały barwę czerwieni ciemniejszej niż moje. Jak słyszałam, miał już swoje lata.

Z ulicy dotarły do nas nocne odgłosy jednej z paskudnych dzielnic Seattle. Samochody, muzyka pełna basów, ludzie idący szybkim, nerwowym krokiem, niektórzy na rauszu, podśpiewujący fałszywie gdzieś w oddali.

– Jesteś Bree, tak? – spytał Diego. – Żółtodziób?

Nie podobało mi się to określenie. Żółtodziób? Nieważne zresztą.

– Tak, jestem Bree. Ale nie pochodzę z tej ostatniej grupy. Mam prawie trzy miesiące.

– Nieźle jak na trzy miesiące – ocenił. – Niewielu z was potrafiłoby tak po prostu odejść z miejsca wypadku. – Mówił takim tonem, jakbym naprawdę zrobiła na nim wrażenie, niemal prawił mi komplementy.

– Nie chciałam szarpać się z palantami Raoula.

– Święta racja – kiwnął głową. – Tacy jak oni sprawiają jedynie kłopoty.

Dziwny. Diego był po prostu dziwny. Rozmawiał ze mną, jakby prowadził zwykłą konwersację. Żadnej wrogości, żadnych podejrzeń. Jakby wcale nie myślał o tym, czy łatwo, czy trudno byłoby mnie w tej chwili zabić. Po prostu do mnie mówił.

– Od kiedy jesteś z Rileyem? – spytałam z ciekawością.

– Już prawie jedenaście miesięcy.

– O, to więcej niż Raoul.

Diego spojrzał w górę i splunął jadem poza krawędź dachu.

– Tak, pamiętam dzień, w którym Riley sprowadził tego śmiecia. Potem sprawy zaczęły iść w złym kierunku.

Przez chwilę milczałam, zastanawiając się, czy Diego uważa wszystkich młodszych od siebie za śmieci. Nie żeby mnie to obchodziło. Już dawno przestało mnie obchodzić, co myślą inni. Nie musiałam się tym przejmować. Jak powiedział Riley — teraz byłam bogiem. Silniejsza, szybsza, lepsza. Nie liczył się nikt poza mną.

Nagle Diego gwizdnął przeciągle.

— No to ruszamy! Wystarczy odrobina inteligencji i cierpliwości. — Wskazał na dół, na ulicę. Ledwie widoczny za rogiem pogrążonego w ciemności budynku mężczyzna wyzywał jakąś kobietę i bił ją, a druga kobieta patrzyła na to w milczeniu. Z ich ubrań wywnioskowałam, że to alfons i jego dwie dziewczyny.

To właśnie kazał nam robić Riley: polować na łajzy. Zabijać ludzi, za którymi nikt nie będzie tęsknił, tych, na których w domu nie czeka kochająca rodzina i których zaginięcia nikt nie zgłosi. W ten sam sposób wybrał nas. Bogowie i ich pokarm — tak samo wywodzący się z mętów.

W przeciwieństwie do niektórych ciągle robiłam to, co kazał mi Riley. Nie dlatego, że go lubiłam. To uczucie już dawno minęło. Słuchałam go, bo to, co mówił, wydawało mi się słuszne. Po co zwracać uwagę na fakt, że grupa nowych wampirów zawłaszczyła sobie Seattle jako teren łowiecki? Co dobrego mogłoby nam to przynieść?

Zanim stałam się wampirem, nawet w nie nie wierzyłam. A więc skoro reszta świata także nie wierzy, że istnieją, to znaczy, że wampiry muszą polować mądrze – tak jak doradzał Riley. Mają ku temu ważne powody. I tak jak powiedział Diego: mądre polowanie wymaga jedynie odrobiny inteligencji i cierpliwości. Naturalnie, często zdarzały nam się błędy, potem Riley czytał gazety, jęczał i wrzeszczał na nas albo rzucał różnymi przedmiotami – na przykład ulubionym odtwarzaczem do gier Raoula. Wówczas Raoul wpadał we wściekłość, łapał kogoś, rozrywał go i podpalał. Wtedy Riley złościł się i zarządzał przeszukanie, by skonfiskować wszystkie zapalniczki i zapałki. Kilka takich serii i Riley musiał przyprowadzić do domu kolejną partię zwampiryzowanych szczeniaków (mętów, oczywiście), by zastąpiły tych, którzy zginęli. Prawdziwe błędne koło.

Diego wciągnął nosem powietrze – bardzo, bardzo przeciągle – i zobaczyłam, jak zmienia się jego ciało. Zaczął czołgać się po dachu, jedną ręką trzymając się krawędzi. Po przyjacielskim zachowaniu nie zostało ani śladu – teraz był łowcą. Rozpoznawałam to i dobrze się czułam, bo rozumiałam, co się dzieje.

Wyłączyłam rozsądek. Nadeszła p[...]
Wzięłam głęboki oddech, wdychają[...]
ludzi pod nami. Nie byli jedynymi i[...]
bliżu, ale ich najłatwiej było dosi[...]

zdecydować, n a k o g o będziesz polować, zanim wyczujesz zwierzynę. Teraz było już za późno, by zmienić zdanie.

Diego, zupełnie niewidoczny, zeskoczył z krawędzi dachu. Wylądował tak cicho, że nie zwrócił uwagi płaczącej prostytutki, jej alfonsa ani stojącej z boku dziewczyny.

Z moich ust wydobył się niski pomruk. Moja. Ta krew była m o j a. Ogień w mym gardle płonął z całą siłą i nie mogłam już myśleć o niczym innym.

Zeskoczyłam z dachu, lądując dokładnie obok płaczącej blondynki. Czułam, że Diego jest tuż za mną, warknęłam więc ostrzegawczo, łapiąc zaskoczoną ofiarę za włosy. Pociągnęłam ją pod ścianę i przytuliłam się do muru plecami. Tak na wszelki wypadek. Zapomniałam jednak o moim kompanie, gdy tylko poczułam żar pod skórą dziewczyny, usłyszałam bicie jej serca, zobaczyłam, jak krew pulsuje w jej tętnicach. Otworzyła usta, by krzyknąć, ale moje zęby zmiażdżyły jej tchawicę, zanim zdążyła wydobyć z siebie choć jęk. Potem były już tylko krew w jej płucach, rzężenie i moje błogie jęki, których nie byłam w stanie kontrolować.

Ciepła i słodka krew gasiła ogień w gardle, wypełniała męczącą, swędzącą pustkę w żołądku. Piłam łapczywie, wysysałam ją, ledwie świadoma tego, co dzieje się wokół. Tuż obok słyszałam takie same dźwięki – Diego dorwał mężczyznę. Druga dziewczyna leżała nieprzytomna na chodniku. Oboje upadli bez najmniejszego szmeru. Diego znał się na rzeczy.

Problem z ludźmi polega na tym, że nigdy nie mają w sobie dość krwi. Już kilka sekund później miałam wrażenie, że moja ofiara jest całkiem jej pozbawiona. Z frustracją porzuciłam bezwładne ciało. W gardle ponownie poczułam pieczenie. Zostawiłam dziewczynę na ziemi i podczołgałam się pod ścianę, zastanawiając się, czy uda mi się złapać tę nieprzytomną panienkę i wykończyć ją, zanim Diego zdąży mnie dopaść.

A on właśnie skończył z facetem. Spojrzał na mnie z takim wyrazem twarzy, który potrafiłam opisać tylko jako... współczujący. Ale mogłam się bardzo, bardzo mylić. Nie umiałam sobie przypomnieć, by ktokolwiek przedtem okazywał mi współczucie, więc nie wiedziałam, jak je rozpoznać.

– No dalej – odezwał się Diego, wskazując spojrzeniem nieprzytomną dziewczynę.

– Żartujesz sobie?

– Nie, ja na razie mam dość. Zostało nam jeszcze trochę czasu, by tej nocy zapolować.

Patrzyłam na niego z nieufnością i czekałam, aż okaże się, że żartował. Skoczyłam do przodu i chwyciłam ofiarę. Diego nie ruszył się, by mnie powstrzymać. Odwrócił się i spojrzał w górę na czarne niebo.

21 ~

Zatopiłam zęby w szyi dziewczyny, nie spuszczając z niego wzroku. Ta krew była lepsza niż poprzednia, absolutnie czysta. Po blondynce został mi w ustach gorzki posmak — znak, że brała narkotyki. Ale byłam już przyzwyczajona, więc ledwie to zauważyłam. Rzadko kiedy udawało mi się zdobyć prawdziwie czystą krew, bo przestrzegałam zasady, aby polować tylko na męty. Diego chyba też. Na pewno wyczuł, z jak smacznego kąska właśnie zrezygnował.

Ale czemu to zrobił?

Gdy drugie ciało było już puste, poczułam się lepiej. Wypiłam dość krwi, by na kilka dni odzyskać spokój. Diego wciąż czekał, gwiżdżąc cicho przez zęby. Upuściłam ciało na ziemię — padło z głuchym tąpnięciem — wtedy odwrócił się do mnie i uśmiechnął.

— Hm, dzięki — odezwałam się.

Skinął głową.

— Zdawało mi się, że potrzebowałaś jej bardziej niż ja. Pamiętam, jak ciężko jest na początku.

— A potem robi się łatwiej?

— Pod niektórymi względami... — Wzruszył ramionami.

Przez chwilę spoglądaliśmy na siebie w milczeniu.

— Może wrzucimy zwłoki do wody? — zaproponował w końcu.

Schyliłam się, podniosłam bezwładne ciało blondynki i przerzuciłam je sobie przez ramię.

Chciałam też wziąć drugie, ale Diego ubiegł mnie i teraz niósł już na plecach ciało mężczyzny i jego dziewczyny.

– Dam radę – powiedział.

Poszłam za nim wzdłuż ulicy, a potem między filarami podtrzymującymi estakadę. Światła samochodów nas nie dosięgały. Myślałam o tym, jak durni są ludzie, jak nieświadomi, i cieszyłam się, że nie jestem już jedną z tych bezrozumnych istot.

Kryjąc się w ciemności, dotarliśmy wreszcie do pustego doku, zamkniętego na noc. Na końcu przystani Diego nie wahał się, tylko od razu wskoczył do wody razem ze swoim ciężarem i zniknął pod powierzchnią. Ruszyłam za nim.

Płynął zgrabnie i szybko jak rekin, zanurzając się głębiej i dalej w czarną toń. Zatrzymał się nagle, gdy znalazł to, czego szukał – wielki, pokryty glonami i rozgwiazdami głaz, leżący wśród śmieci na dnie oceanu. Byliśmy chyba na głębokości ponad trzydziestu metrów – człowiek widziałby tu tylko nieprzeniknioną ciemność.

Diego puścił zwłoki. Uniosły się powoli wraz z prądem, kiedy wsunął rękę w brudny piach u podstawy kamienia. Po chwili uchwycił go mocno i podniósł. Ogromny ciężar sprawił, że Diego po pas zanurzył się w ciemnym dnie.

Podniósł głowę i skinął na mnie. Podpłynęłam bliżej, jedną ręką przyciągając do siebie dryfujące ciała. Wsunęłam zwłoki blondynki w czarną dziurę pod kamieniem, potem to samo zrobiłam z ciałami drugiej dziewczyny i faceta. Kopnęłam je, by upewnić się, że nie wypłyną, i usunęłam się z drogi. Diego upuścił kamień. Ten zachybotał się na nowym, nierównym podłożu. Mój kompan wygrzebał się z mułu, podpłynął w górę i poprawił ułożenie kamienia, zgniatając leżące pod nim ciała.

Odsunął się nieco, by podziwiać nasze dzieło. „Doskonale" – rzekłam bezgłośnie. Te trzy ofiary nigdy nie wypłyną na powierzchnię. Riley nie usłyszy o nich w wiadomościach. Diego uśmiechnął się i podniósł rękę. Dopiero po chwili zrozumiałam, że chce przybić piątkę. Z wahaniem podpłynęłam do niego, przytknęłam dłoń do jego dłoni i natychmiast się odsunęłam, zwiększając dystans między nami. Diego spojrzał na mnie ze zdziwieniem, po czym jak pocisk wystrzelił w górę. Ruszyłam za nim, zupełnie zdezorientowana. Gdy wydostałam się na powierzchnię, Diego prawie krztusił się ze śmiechu.

– Co jest?

Przez chwilę nie był w stanie odpowiedzieć, aż w końcu wydusił:

– Najgorsza piątka, jaką widziałem.

Pociągnęłam nosem z irytacją.

– Nie byłam pewna, czy nie urwiesz mi ręki, lub coś podobnego.

– Nie zrobiłbym tego – parsknął.

– Każdy inny by zrobił – zauważyłam.

– To akurat prawda – zgodził się, tracąc nagle humor. – Gotowa na dalszy ciąg polowania?

– Co za pytanie?

Wyszliśmy na brzeg pod mostem i szczęśliwym trafem od razu wpadliśmy na dwóch bezdomnych śpiących w starych, brudnych śpiworach na jednym posłaniu zrobionym ze starych gazet. Żaden z nich się nie obudził. Ich krew czuć było alkoholem, ale i tak była lepsza niż żadna. Ciała włóczęgów również ukryliśmy na dnie oceanu, pod innym kamieniem.

– Dobra, mnie wystarczy na kilka tygodni – oznajmił Diego, kiedy po raz drugi wyszliśmy z wody, tym razem w drugim końcu portu.

Westchnęłam przeciągle.

– To jest ta lepsza strona, prawda? Bo mnie za kilka dni znów zacznie palić w gardle. A wtedy Riley wyśle mnie na polowanie z kolejnymi mutantami z bandy Raoula.

– Mogę pójść z tobą, jeśli chcesz. Riley zwykle pozwala mi robić to, na co mam ochotę.

Jego propozycja wzbudziła moje podejrzenia, ale po chwili zaczęłam ją rozważać. Diego zdawał się być zupełnie inny niż pozostali, a ja czułam się w jego obecności inaczej: czułam, że nie muszę wciąż oglądać się za siebie.

– Byłoby fajnie – powiedziałam. Dziwnie było wymówić te słowa – jakbym przyznawała się do słabości czy czegoś podobnego.

Ale Diego rzucił tylko:

– Świetnie. – I uśmiechnął się do mnie.

– Jak to możliwe, że Riley daje ci taką swobodę? – spytałam, zastanawiając się, co właściwie ich łączy. Im więcej czasu spędzałam z Diegiem, tym trudniej było mi sobie wyobrazić, że jest tak blisko z Rileyem. Diego zdawał się taki... przyjacielski. Zupełnie inny niż Riley. Ale może przeciwieństwa się przyciągają.

– Riley wie, że zawsze po sobie sprzątam i że może mi ufać. A jeśli o tym mowa, pomożesz mi coś załatwić?

Ten dziwny chłopak zaczynał mnie bawić. Z ciekawości, by zobaczyć, co zrobi, zgodziłam się.

– Pewnie.

Ruszył przez port w stronę drogi biegnącej wzdłuż brzegu. Pobiegłam za nim. Wyczułam w pobliżu zapach jakichś ludzi, ale wiedziałam, że jest zbyt ciemno, a my poruszamy się zbyt szybko, by nas zauważyli.

Diego znów wybrał drogę po dachach. Po kilku skokach zaczęłam rozpoznawać nasze zapachy – to była ta sama trasa co przedtem. Dlatego wkrótce dotarliśmy do owej uliczki, w której Kevin i ten drugi zaczęli szaleć z samochodem.

– Nie-wia-ry-god-ne – jęknął Diego.

Wyglądało na to, że Kevin i spółka dopiero co się zwinęli. Na pierwszym aucie leżały teraz jeszcze dwa inne, a do listy ofiar można było doliczyć kilku przypadkowych przechodniów. Policja jeszcze się nie pojawiła, zapewne dlatego, że wszyscy, którzy mogliby ją zawiadomić, nie żyli.

– Pomożesz mi tu posprzątać? – spytał Diego.

– Jasne.

Zeszliśmy z dachu, a Diego szybko rozrzucił samochody w inny sposób – tak, by wyglądały, jakby uderzyły w siebie nawzajem, a nie jak zabawki ułożone przez nazbyt nerwowe dziecko olbrzyma. Dwa pozbawione krwi ciała, porzucone na chodniku, upchnęłam w miejscu, gdzie niby nastąpiło uderzenie.

– Fatalny wypadek – oceniłam.

Diego uśmiechnął się. Wyjął z kieszeni zapalniczkę i podpalił ubrania wszystkich ofiar. Ja wzięłam swoją (Riley dawał nam je, gdy szliśmy na polowanie i Kevin powinien był skorzystać ze swojej) i zajęłam się tapicerką samochodową. Ciała ofiar, wyschnięte i oblane łatwopalnym jadem, zajęły się od razu.

– Cofnij się – ostrzegł mnie Diego i otworzył wlew paliwa pierwszego auta, odrywając klapkę.

Doskoczyłam do najbliższej ściany i patrzyłam na to, co się dzieje. Diego zrobił kilka kroków w tył i zapalił zapałkę. Idealnie celując, wrzucił ją do ba-

ku. W tej samej sekundzie znalazł się obok mnie.
Huk eksplozji wstrząsnął całą ulicą. W oddali roz-
błysły światła.

– Dobra robota – przyznałam.

– Dzięki za pomoc. Wracamy do Rileya?

Zmarszczyłam czoło. Dom Rileya był ostatnim
miejscem, w którym chciałam spędzić resztę tej nocy. Wolałam nie oglądać głupiej gęby Raoula i nie
słuchać bezustannych wrzasków oraz odgłosów
walki. Nie miałam ochoty zgrzytać zębami i chować
się za Strasznym Fredem, żeby inni zostawili mnie
w spokoju. No i skończyły mi się książki.

– Mamy trochę czasu. – Diego bezbłędnie od-
czytał wyraz mojej twarzy. – Nie musimy od razu
wracać.

– Przydałoby mi się coś do czytania.

– A mnie nowe kawałki do słuchania. – Uśmiechnął się.

– Chodźmy na zakupy.

Szybkim tempem przemierzaliśmy miasto – najpierw dachami, potem biegnąc przez ciemne ulice,
gdy budynki stały za daleko od siebie – aż dotarliśmy do bogatszej dzielnicy. Z łatwością znaleźliśmy
centrum handlowe, a w nim jedną z wielkich sie-
ciowych księgarni. Podniosłam klapę w dachu
i weszliśmy do środka. Sklep był pusty, alarmy za-
łożono tylko w oknach i drzwiach. Od razu podeszłam do półki z literą H, a Diego ruszył do działu
muzycznego, znajdującego się na tyłach sklepu.

Właśnie skończyłam Hale'a, zabrałam więc kolejny tuzin książek stojących obok. Musiały mi wystarczyć na kilka dni.

Rozejrzałam się wokół, szukając Diega. Siedział w kawiarni przy jednym ze stolików i oglądał okładki swoich nowych płyt. Zawahałam się, ale w końcu podeszłam do niego. I poczułam się dziwnie, bo ta sytuacja wydała mi się niepokojąco znajoma, stresująca. Już tak kiedyś siedziałam – z kimś innym, przy podobnym stoliku. Rozmawiałam z nim swobodnie o rzeczach innych niż życie, śmierć, pragnienie i krew. To było w tamtym świecie, który zniknął w mroku pamięci. Tą ostatnią osobą, z którą siedziałam przy stoliku, był Riley. Ale z wielu powodów trudno mi było przypomnieć sobie tamtą noc.

– Dlaczego w domu nigdy cię nie widuję? – zapytał nagle Diego. – Gdzie się chowasz?

Zaśmiałam się, ale jednocześnie skrzywiłam.

– Ukrywam się zwykle za Strasznym Fredem.

Zmarszczył nos.

– Poważnie? Jak możesz go znieść?

– Po prostu się przyzwyczaiłam. Nie jest tak źle, kiedy się stoi za nim, a nie przed nim. Zresztą to najlepsza kryjówka, jaką mogłam znaleźć. Nikt nie zbliża się do Freda.

Diego przytaknął, jak mi się zdawało – wciąż z lekkim obrzydzeniem.

– To prawda. Niezły sposób na przeżycie.

Wzruszyłam ramionami.

– Wiesz, że Fred to jeden z ulubieńców Rileya?

– Naprawdę? Jak to możliwe? – Nikt nie lubił Strasznego Freda. Jedynie ja o niego dbałam, ale wyłącznie z troski o własne życie.

Diego nachylił się tajemniczo w moją stronę. Tak się przyzwyczaiłam do jego dziwnych zachowań, że nawet nie drgnęłam.

– Słyszałem, jak rozmawiał o tym z n i ą.

Przeszedł mnie dreszcz.

– No właśnie – rzekł Diego porozumiewawczo. Nic w tym dziwnego, że oboje czuliśmy to samo, kiedy chodziło o n i ą. – To było kilka miesięcy temu. Riley mówił o Fredzie bardzo podekscytowany. Z tego, co zrozumiałem, wynikało, że niektóre wampiry mają różne pożyteczne zdolności. Mogą robić coś więcej niż zwykłe wampiry. I tego właśnie o n a szuka. Wampirów z ta-len-ta-mi.

Rozciągnął ostatni wyraz, jakby powtarzał go sobie w głowie.

– Jakimi talentami? – spytałam.

– Bardzo różnymi. Zdolność tropienia, czytania w myślach, a może nawet przewidywania przyszłości.

– Daj spokój!

– Nie żartuję. Zdaje mi się, że Fred specjalnie odstrasza od siebie ludzi. Tyle że to wszystko siedzi w naszych głowach. On sprawia, że odstręcza nas nawet sama myśl o przebywaniu blisko niego.

Zmarszczyłam brwi.

– A po co to robi?

– Trzyma go to przy życiu, prawda? Zresztą najwyraźniej ciebie także.

Skinęłam twierdząco.

– Na to wygląda. Czy Riley mówił jeszcze o kimś innym? – Próbowałam przypomnieć sobie coś dziwnego, co widziałam lub poczułam, ale Fred był jedyny w swoim rodzaju. Ci klauni, którzy udawali dzisiaj, że są superbohaterami, z pewnością nie potrafili niczego, czego i my byśmy nie potrafili.

– Mówił o Raoulu – odparł Diego, uśmiechając się krzywo.

– Jaki talent może mieć Raoul? Supergłupotę?

Diego parsknął śmiechem.

– To z pewnością. Ale Riley uważa, że on ma w sobie jakiś rodzaj magnetyzmu – przyciąga ludzi, a oni za nim potem podążają.

– Tylko ci chorzy psychicznie.

– Tak, o tym też wspominał Riley. Raoul nie działa na te... – tu zaczął naśladować głos Rileya – ...pokorne dzieciaki.

– Uległe?

– Domyślam się, że chodziło mu o takich jak my, którzy od czasu do czasu umieją pomyśleć.

Nie podobało mi się określenie „pokorny". W tym kontekście brzmiało jakoś negatywnie. Diego wyraził się bardziej precyzyjnie.

– Zdawało mi się, że jest jakiś powód, dla którego Riley chce, by Raoul przewodził. Chyba niedługo coś się wydarzy.

Poczułam nieprzyjemne mrowienie wzdłuż kręgosłupa, aż wyprostowałam się na krześle.

– Niby co? – spytałam.

– Zastanawiałaś się kiedyś, czemu Rileyowi tak bardzo zależy, żebyśmy się nie wychylali?

Zawahałam się przez chwilę, zanim odpowiedziałam. Nie takich pytań oczekiwałam od kogoś, kto był prawą ręką Rileya. Diego wydawał się wręcz kwestionować to, co nasz lider nam wmawiał. Chyba że w tej chwili działał po prostu jako szpieg Rileya, badał sytuację. Chciał się dowiedzieć, co myślą „dzieciaki". Ale jednak nie o to mu chodziło. Szeroko otwarte ciemnoczerwone oczy Diega patrzyły szczerze. Zresztą czemu Riley miałby się tym przejmować? A może to, co inni mówili o Diegu, nie miało żadnych podstaw? Było tylko plotką?

Odpowiedziałam więc szczerze:

– Tak, właściwie dopiero co się nad tym zastanawiałam.

– Nie jesteśmy jedynymi wampirami na świecie – poważnie wyjaśnił Diego.

– Wiem, Riley czasem o tym opowiada. Ale tych innych nie może być przecież zbyt wielu. Chybabyśmy coś zauważyli, prawda?

Skinął głową.

– Też mi się tak wydaje. Dlatego to dziwne, że o n a wciąż produkuje nas więcej, nie uważasz?

Zmarszczyłam brwi.

– Hm. Przecież nie chodzi o to, że Riley naprawdę nas lubi, czy coś w tym rodzaju... – urwałam, chcąc sprawdzić, czy Diego zaprzeczy. Nie zrobił tego. Czekał i tylko nieznacznie skinął głową, mówiłam więc dalej: – A o n a nawet się nie przedstawiła. Masz rację, nie patrzyłam na tę sprawę w taki sposób. Cóż, właściwie wcale o tym nie myślałam. Ale w takim razie do czego nas potrzebują?

Diego uniósł jedną brew.

– Chcesz usłyszeć, co myślę?

Z wahaniem przytaknęłam. Ale teraz to nie Diego budził mój niepokój.

– Tak jak wspomniałem, coś ma się wydarzyć. Sądzę, że o n a potrzebuje ochrony i dlatego kazała Rileyowi stworzyć pierwszą linię obrony.

Zastanawiając się nad tym, co powiedział, znów poczułam zimny dreszcz.

– Ale czemu nam o tym nie powiedzą? Przecież powinniśmy... no wiesz, być czujni.

– To prawda – zgodził się Diego.

Przez kilka długich sekund spoglądaliśmy na siebie w milczeniu. Nie wiedziałam, co powiedzieć, i Diego chyba także. Skrzywiłam się i w końcu oświadczyłam:

– Nie mogę uwierzyć, że Raoul nadaje się do każdego zadania.

– Trudno się z tobą nie zgodzić – zaśmiał się Diego. Potem wyjrzał przez okna na budzący się ciemny świt. – Kończy nam się czas. Lepiej wracajmy, zanim zmienimy się w wiórki.

– *Tylko popioły i kurz, popioły i kurz* – zanuciłam pod nosem, wstając i zbierając swoje rzeczy. Diego zachichotał.

Zatrzymaliśmy się po drodze jeszcze w jednym miejscu – z pustego supermarketu zabraliśmy zamykane plastikowe torebki i dwa plecaki. Zapakowałam wszystkie moje książki w ochronne woreczki, bo nie znosiłam zamokniętych kartek.

Potem – znów głównie biegnąc po dachach – wróciliśmy nad ocean. Niebo na wschodzie powoli zaczęło się rozjaśniać. Wślizgnęliśmy się do wody pod samym nosem dwóch niczego nieświadomych strażników jakiegoś dużego promu. Mieli szczęście, że byłam najedzona, w przeciwnym razie nie opanowałabym się, kiedy przemykaliśmy tuż obok nich. Potem ścigaliśmy się, płynąc przez mętną wodę do domu.

Na początku nie wiedziałam zresztą, że to wyścig. Po prostu płynęłam szybko, bo niebo stawało się coraz jaśniejsze. Zwykle nie marnuję czasu, jak tej nocy. Jeśli mam być szczera, byłam takim wampirzym kujonem – przestrzegałam zasad, nie sprawiałam kłopotów, trzymałam się z najmniej popularnym chłopakiem w grupie i zawsze wracałam wcześnie do domu.

Za to Diego wrzucił piąty bieg. Wysunął się kilka długości przede mnie, a potem się odwrócił, jakby mówiąc: „Co, nie możesz nadążyć?", i ruszył znowu z zawrotną prędkością.

Tego nie mogłam znieść. Nie pamiętałam, czy przedtem lubiłam rywalizację, przeszłość zdawała mi się teraz odległa i nic nieznacząca, ale chyba tak – bo na wyzwanie odpowiedziałam od razu. Diego był dobrym pływakiem, jednak ja okazałam się silniejsza, zwłaszcza że dopiero co się napiłam. „Nara" – rzuciłam bezgłośnie, wyprzedzając go, ale nie jestem pewna, czy to zauważył.

Zgubiłam go gdzieś w ciemnej wodzie, ale nie traciłam czasu, by oceniać, z jaką przewagą wygrałam. Płynęłam przez cieśninę, aż dotarłam do wyspy, na której mieścił się nasz ówczesny dom. Poprzedni był dużą chatą w środku zaśnieżonego pustkowia, na zboczu jakiejś góry w paśmie Gór Kaskadowych. Tak jak wszystkie, ten w Seattle stał na uboczu, miał sporą piwnicę, a właściciele niedawno zmarli.

Wbiegłam na niewielką kamienistą plażę, wbiłam palce w skarpę z piaskowca i podciągnęłam się do góry. Słyszałam, jak Diego wychodzi z wody w chwili, gdy ja chwytałam już dłonią gałąź zwisającej sosny i przeskakiwałam przez krawędź klifu. Kiedy lądowałam delikatnie na palcach, dwie rzeczy zwróciły moją uwagę. Po pierwsze, zaczynało świtać. Po drugie, nie było domu. No cóż, może nie całkiem „nie było" – jego pozostałości wciąż były widoczne, ale przestrzeń, którą kiedyś zajmował, stała pusta. Spalony na węgiel dach przypominał poszarpaną drewnianą koronkę; zapadł się niżej, niż jeszcze wczoraj znajdowały się drzwi.

Słońce szybko wschodziło. Czarne sosny zaczynały się zielenić. Lada moment ich wierzchołki miały wyłonić się z ciemności, co było nieuchronną zapowiedzią mojej śmierci. Czy raczej o s t a t e c z - n e j śmierci, nieważne zresztą. Drugie upragnione życie superbohaterki miało zakończyć się w nagłym wybuchu płomieni. Mogłam sobie jedynie wyobrażać, jak bardzo, bardzo będzie to bolesne.

Nie pierwszy raz zobaczyłam nasz dom w podobnym stanie. Z powodu walk toczonych w piwnicach i ciągłych pożarów większość naszych domostw znikała w ogniu w ciągu kilku tygodni po przeprowadzce. Ale po raz pierwszy próbowałam wrócić do domu w chwili, gdy promienie wschodzącego słońca zaczynały już oblewać ziemię.

Nerwowo wciągnęłam powietrze, kiedy Diego wylądował tuż obok mnie.

– Może ta nora pod dachem? – wyszeptałam. – Będzie dość bezpieczna czy...

– Nie panikuj, Bree. – Głos Diega brzmiał zaskakująco spokojnie. – Znam jedno miejsce. Chodź.

Zgrabnie wywinął salto do tyłu przez krawędź klifu. Sądziłam, że ocean nie może nas ochronić przed słońcem. Ale może pod wodą nie da się spłonąć? W każdym razie plan Diega wydał mi się raczej kiepski.

Zrezygnowałam jednak z wykopania tunelu pod zgliszczami domu i ruszyłam na klif, tuż za moim kompanem. Po raz pierwszy nie wiedziałam, co mam myśleć – a to było dziwne uczucie. Przywykłam do przemyślanych, zdroworozsądkowych działań, postępowałam zawsze zgodnie z logiką.

Dogoniłam Diega już w wodzie. Znów się ścigaliśmy, ale tym razem mieliśmy dobry powód – ścigaliśmy się ze słońcem. Diego minął naszą małą wysepkę i głęboko zanurkował. Zdziwiłam się, byłam pewna, że uderzy o skaliste dno cieśniny, ale jeszcze bardziej zaskoczyła mnie fala ciepłego prądu płynącego z miejsca, które wyglądało jak kawałek skały, a okazało się tajemną jaskinią.

Mądrze postąpił, że znalazł sobie takie miejsce. Oczywiście, niespecjalnie podobała mi się perspektywa siedzenia cały dzień w podwodnej grocie – nieoddychanie stawało się męczące po kilku godzinach – ale i tak wolałam to, niż spłonąć na popiół. Już wcześniej powinnam była myśleć tak jak Diego – perspektywicznie. Myśleć o czymś więcej niż krew. Powinnam była przygotować się na niewiadome.

Diego płynął przez wąską szczelinę między skałami. Było tu ciemno choć oko wykol. I bezpiecznie. Rozpadlina zwężała się i nie mogłam już dłużej płynąć, dlatego podobnie jak Diego zaczęłam przeciskać się krętym korytarzem. Czekałam, aż się zatrzyma, ale szedł dalej. Nagle zorientowałam się, że idziemy pod górę. A potem usłyszałam, jak Diego wynurza się na powierzchnię. Pół sekundy później wynurzyłam się i ja.

Jaskinia była raczej małą dziurą, norą wielkości niedużego samochodu, choć nie aż tak wysoką. Przylegała do niej druga mała komora i czułam dochodzące stamtąd świeże powietrze. Widziałam kształt palców Diega odbitych w miękkim wapieniu.

– Miło tu – stwierdziłam.

– Lepiej niż za plecami Strasznego Freda – uśmiechnął się.

– Nie mogę zaprzeczyć. Hm... Dzięki.

– Nie ma za co.

Przez dłuższą chwilę spoglądaliśmy na siebie w ciemności. Miał gładką, spokojną twarz. Z każdym innym młodym wampirem (z Kevinem, Kristie czy pozostałymi) to doświadczenie byłoby przerażające – ciasna przestrzeń, wymuszona bliskość. Zapach czyjegoś oddechu tak blisko mnie. Oznaczałoby to zapewne szybką i bolesną śmierć. Ale Diego był taki spokojny – inny niż tamci.

– Ile masz lat? – spytał nagle.

– Trzy miesiące, mówiłam ci już.

– Nie o to mi chodzi. Ile m i a ł a ś lat? Chyba tak powinienem zapytać.

Odsunęłam się. Poczułam się niezręcznie, kiedy zrozumiałam, że mówi o l u d z k i m życiu. A o tym nikt nie mówił ani nawet nie myślał. Jednak nie chciałam urywać tej rozmowy. Sam fakt, że z kimś rozmawiałam, był dla mnie nowością.

Zawahałam się, a Diego czekał na moją odpowiedź z pytającym wyrazem twarzy.

– Miałam… hm, piętnaście lat. Prawie szesnaście. Nie pamiętam tamtego dnia… czy było już po urodzinach? – Próbowałam sobie przypomnieć, ale ostatnie tygodnie tamtego życia na głodzie sprawiły, że miałam w głowie straszny mętlik, nie potrafiłam poukładać faktów. Poddałam się i potrząsnęłam głową.

– A ty? – spytałam.

– Właśnie skończyłem osiemnaście – odparł. – Byłem tak blisko.

– Blisko czego?

– Wyrwania się – powiedział, niczego nie wyjaśniając, i urwał. Przez chwilę panowała niezręczna cisza, a potem Diego zmienił temat.

– Nieźle sobie radzisz, od czasu kiedy tu trafiłaś – ocenił, prześlizgując się wzrokiem po moich założonych rękach i zaciśniętych kolanach. – Udało ci się przeżyć, nie zwracać na siebie uwagi, pozostałaś nietknięta.

Wzruszyłam ramionami i podwinęłam wysoko lewy rękaw koszulki, by pokazać mu cienką, poszarpaną bliznę biegnącą wokół ramienia.

– Raz mi oderwali rękę – przyznałam. – Ale udało mi się zebrać do kupy, zanim Jen zdążyła ją usmażyć. Riley pokazał mi, jak to robić.

Diego uśmiechnął się krzywo i wskazał na swoje prawe kolano. Zapewne znajdowała się tam blizna, skrywana teraz przez ciemne dżinsy.

– Każdemu się zdarza – rzekł.

– Au.

– Bree, mówię poważnie. – Skinął głową. – Jesteś całkiem przyzwoitym wampirem.

– Mam ci podziękować za komplement?

– Ja tylko głośno myślę, próbuję poukładać sobie różne sprawy.

– Jakie sprawy?

Zmarszczył czoło i odparł:

– To, co naprawdę się dzieje. Co zamierza Riley. Czemu wciąż przyprowadza jej kolejne dzieciaki. I czemu nie ma dla niego znaczenia, czy to ktoś taki jak ty, czy taki idiota jak Kevin.

Zrozumiałam, że Diego jednak nie zna Rileya lepiej niż ja.

– Co masz na myśli, mówiąc „ktoś taki jak ty"? – spytałam.

– Takich jak ty, inteligentnych, Riley powinien przyjmować, a nie durnych osiłków, których sprowadza mu Raoul. Założę się, że jako człowiek nie byłaś jakąś tam zwykłą ćpunką.

Skrzywiłam się na dźwięk słowa „człowiek". Diego czekał na odpowiedź, jakby zadał mi najbardziej niewinne pytanie. Odetchnęłam głęboko i sięgnęłam myślą wstecz.

– Niewiele brakowało – przyznałam, kiedy odczekał cierpliwie kilka sekund. – Jeszcze nie wpadłam całkiem, ale kilka tygodni dłużej i... – wzruszyłam ramionami. – Wiesz, właściwie niewiele pamiętam, ale wtedy zdawało mi się, że najstraszniejszą rzeczą jest stary dobry głód. Okazuje się, że pragnienie jest gorsze.

– Jasna sprawa, siostro – zaśmiał się.

– A ty? – zapytałam. – Nie byłeś nastolatkiem z problemami, jak my wszyscy?

– Och, problemów to ja miałem sporo. – Powiedział i znowu urwał.

I tak nie miałam dokąd pójść, więc czekałam na odpowiedź na moje niewygodne pytania. Wpatrywałam się w Diega, aż westchnął. Zapach jego oddechu był taki przyjemny. Wszyscy pachnieliśmy słodko, ale jego zapach miał w sobie jeszcze coś innego – jakąś przyprawę, cynamon czy goździki.

– Próbowałem trzymać się z dala od tego wszystkiego. Dużo się uczyłem. Miałem zamiar wyrwać się z getta, rozumiesz? Planowałem pójść do college'u, coś ze sobą zrobić. Ale spotkałem pewnego faceta, podobnego do Raoula. Jego dewizą było „Przyłącz się do nas albo zdychaj". Nie odpowiadało mi to, wolałem więc trzymać się od jego bandy jak najdalej. Pilnowałem się, chciałem przeżyć... – Znowu przerwał i zamknął oczy.

Ale ja nie odpuszczałam.

– I co?

– Mój młodszy brat nie był taki ostrożny.

Już miałam zapytać, czy jego brat przyłączył się do gangu, czy zginął, ale mina Diega wyjaśniła mi wszystko. Odwróciłam wzrok, nie wiedziałam, co powiedzieć. Nie potrafiłam tak naprawdę zrozumieć jego straty, bólu, który najwyraźniej wciąż w nim tkwił. Ja bowiem nie tęskniłam za moim dawnym życiem. Bo i po co? Po co Diego dręczył się wspomnieniami? Większość z nas już dawno je uśmierciła.

Wciąż nie rozumiałam, jaką rolę odegrał w tym wszystkim Riley. Chciałam usłyszeć i tę część historii, ale głupio mi było naciskać Diega. On sam zaspokoił moją ciekawość, podejmując opowieść.

– Straciłem głowę. Ukradłem kumplowi broń i poszedłem na polowanie. – Zaśmiał się gorzko.

– Wtedy nie byłem w tym najlepszy. Ale dorwałem kolesia, który załatwił mojego brata, a potem oni dopadli mnie. Reszta gangu otoczyła mnie w zaułku. Wtedy nagle pojawił się Riley – między mną a nimi. Pamiętam, że pomyślałem tylko, iż to najbielszy koleś, jakiego w życiu widziałem. Nawet nie spojrzał w ich stronę, kiedy zaczęli do niego strzelać. Jakby kule były tylko natrętnymi muchami. Wiesz, co wtedy powiedział? Zapytał: „Chcesz dostać nowe życie, młody?".

– Ha! – zaśmiałam się. – To lepszy tekst niż ten, który ja usłyszałam: „Chcesz burgera, mała?".

Wciąż pamiętam, jak Riley wyglądał tamtej nocy, choć obraz był nieco zamazany, bo miałam wówczas kłopoty ze wzrokiem. Był najprzystojniejszym facetem, jakiego widziałam – wysoki, jasnowłosy, idealny w każdym calu. Wiedziałam, że oczy kryjące się za ciemnymi okularami, których nigdy nie zdejmował, muszą być równie cudowne. Głos miał spokojny i dobry. Wydawało mi się, że wiem, czego zażąda w zamian za posiłek, i to też bym mu dała. Nie dlatego, że był taki ładniutki, ale dlatego, że od dwóch tygodni nie jadłam nic poza odpadkami. Cóż, okazało się, że pragnął czegoś innego.

Diego roześmiał się z tekstu o burgerze.

– Musiałaś być nieźle głodna.

– Jak diabli.

– A to czemu?

– Bo byłam durna i uciekłam, zanim zdążyłam zrobić prawo jazdy. Nie mogłam znaleźć porządnej pracy, a złodziejką byłam kiepską.

– Przed czym uciekałaś?

Zwlekałam z odpowiedzią. Wspomnienia, gdy bardziej się na nich koncentrowałam, stawały się wyraźniejsze, a nie byłam pewna, czy tego chcę.

– No dalej – nalegał Diego. – Ja ci powiedziałem.

– Tak, powiedziałeś. Dobra. Uciekałam przed ojcem. Bezustannie mnie lał. Pewnie to samo robił mamie, zanim od niego zwiała. Byłam wtedy mała i niewiele pamiętałam, a później było coraz gorzej. Wiedziałam, że jeszcze trochę, a skończę na cmentarzu. Ojciec powiedział mi, że jeśli zachce mi się ucieczki, to pewnie umrę z głodu. I miał rację – z tego, co pamiętam, jedyny raz, kiedy miał rację. Staram się o tym nie myśleć.

Diego przytaknął.

– Trudno wspominać tamto życie, prawda? Wszystko jest takie zamazane i ciemne.

– Jakby oczy zaszły ci szlamem.

– Nieźle to ujęłaś – podsumował Diego.

Zerknął spod przymkniętych powiek, mrużąc i pocierając oczy. Zaśmialiśmy się jednocześnie. Poczułam się dziwnie.

– Chyba nie śmiałem się tak normalnie, odkąd spotkałem Rileya – przyznał, wyrażając tym samym także i moje uczucia. – Podoba mi się to. Ty mi się podobasz. Nie jesteś taka jak pozostali. Próbowałaś kiedyś porozmawiać z którymkolwiek z nich?

– Nie, nie próbowałam.

– I nic nie straciłaś. O tym właśnie mówię. Czy życie Rileya nie byłoby lepsze, gdyby otaczał się przyzwoitymi wampirami? Jeśli mamy ją chronić, to chyba powinien wynajdywać te mądrzejsze, prawda?

– Wychodzi na to – myślałam głośno – że Rileyowi zależy na jak największej liczbie wampirów, a nie na ich inteligencji.

Diego wydął wargi, zastanawiając się nad czymś.

– To jak w szachach. Nie robi z nas koni czy gońców...

– Jesteśmy tylko pionkami – dokończyłam.

Przez dłuższą chwilę patrzyliśmy na siebie.

– Wolę tak nie myśleć – odezwał się wreszcie Diego.

– No to co robimy? – spytałam, automatycznie używając liczby mnogiej. Jakbyśmy już byli zespołem.

Zastanawiał się nad moim pytaniem kilka sekund, wyraźnie zdenerwowany, i zaczęłam żałować, że powiedziałam „my". Ale potem zapytał:

– Co możemy zrobić, skoro nie wiemy, co się dzieje?

Odetchnęłam z ulgą. A więc nie przeszkadzało mu, że powiedziałam „my". Tak bardzo mnie to ucieszyło, że nie pamiętam, kiedy poprzednio cokolwiek sprawiło mi podobną przyjemność.

– Chyba musimy mieć oczy szeroko otwarte, uważać i próbować się zorientować, o co chodzi.

Przytaknął.

– Musimy też przemyśleć wszystko, co do tej pory powiedział nam Riley, i wszystko, co zrobił.

– Zamilkł na moment. – Wiesz, kiedyś próbowałem go podpytać, ale od razu mnie zbył. Kazał zająć się ważniejszymi sprawami, na przykład pragnieniem. Zresztą i tak myślałem tylko o tym, normalka. Wysłał mnie na polowanie i zapomniałem o sprawie.

Słuchałam, jak Diego mówi o Rileyu, widziałam w jego spojrzeniu, że analizuje tamto zdarzenie, i pomyślałam, że jest moim pierwszym przyjacielem w tym życiu, ale ja nie jestem jego przyjaciółką.

Nagle znów zwrócił się do mnie.

– A więc czego dowiedzieliśmy się od Rileya?

Skupiłam myśli, przywołując w pamięci ostatnie trzy miesiące.

– Tak naprawdę to on niewiele nam opowiada. Jedynie najważniejsze rzeczy o wampirach.

– Będziemy musieli słuchać uważniej.

Siedzieliśmy w milczeniu, wciąż rozmyślając. Ja zastanawiałam się głównie nad tym, ilu rzeczy nie wiem. I dlaczego aż do tej chwili w ogóle mnie to nie martwiło? Zdawało mi się, że dopiero rozmowa z Diegiem oczyściła mój umysł. Po raz pierwszy od trzech miesięcy myślałam o czymś innym niż krew.

Ta cisza trwała kilka minut. Czarna dziura, którą do jaskini napływało świeże powietrze, nie była już czarna. Była tylko ciemnoszara i z każdą sekundą robiła się coraz jaśniejsza. Diego zauważył, że spoglądam nerwowo w tamtym kierunku.

– Nie martw się – uspokoił mnie. – W słoneczne dni dociera tu słabe światło, ale to nic nie boli. – Wzruszył ramionami, a ja przysunęłam się do szczeliny w podłożu, w której podczas odpływu znikała woda. – Poważnie, Bree. Bywałem tu już przedtem. Powiedziałem Rileyowi, że jaskinia przeważnie jest wypełniona wodą, a on przyznał, że fajnie mieć takie miejsce, w które można się wyrwać z tego domu wariatów. Zresztą, czy wyglądam, jakbym był poparzony?

Zawahałam się. Myślałam o tym, jak różne relacje łączyły nas z Rileyem, Diega i mnie. Uniósł pytająco brwi, czekając na odpowiedź.

– Nie – rzuciłam w końcu. – Ale…

– Spójrz – zaczął zniecierpliwiony. Przeczołgał się zwinnie przez tunel i wsunął do jaśniejącej dziury rękę, aż po ramię. – Widzisz? Nic.

Skinęłam głową.

– Uspokój się! Chcesz zobaczyć, jak wysoko mogę wejść? – Powiedziawszy to, wsadził głowę w otwór i zaczął się wspinać.

– Diego, nie! – Zniknął mi już z oczu. – Jestem spokojna, przysięgam!

Zaśmiał się – zdawało mi się, że stoi kilka metrów dalej w tunelu. Chciałam pójść za nim, złapać go za nogę i wciągnąć z powrotem, ale zamarłam z przerażenia. Głupio byłoby ryzykować życie dla zupełnie obcej istoty. Tyle że od tak dawna nie miałam nikogo, kto byłby mi bliski. Po tej jednej nocy trudno byłoby mi się przyzwyczaić, że nie mam z kim rozmawiać.

– ¡*No estoy quemando*! – zawołał Diego, drażniąc się ze mną. – Czekaj… Czy to… Au!

– Diego?

Rzuciłam się na drugą stronę jaskini i wsunęłam głowę do tunelu. Jego twarz znalazła się nagle tuż przy mojej.

– Bu!

Instynktownie odskoczyłam jak oparzona.

– Bardzo śmieszne – rzuciłam nerwowo, odsuwając się, by mógł wejść z powrotem do jaskini.

– Wrzuć na luz, dziewczyno! Wszystko sprawdziłem, zrozum. Tylko ostre słońce jest dla nas niebezpieczne.

– Chcesz powiedzieć, że mogłabym sobie stanąć pod cienistym drzewem i nic by mi się nie stało?

Zawahał się przez chwilę, jakby zastanawiając się, czy odpowiedzieć mi, czy nie, a potem cicho przyznał:

– Kiedyś to zrobiłem.

Wgapiałam się w Diega, czekając, aż powie, że to żart.

Ale się nie doczekałam.

– Riley powiedział... – zaczęłam, lecz szybko zamilkłam.

– Tak, wiem, co powiedział Riley – zgodził się Diego. – Może jednak on wcale nie wie tak dużo, jak mu się zdaje.

– Ale przecież... Shelly i Steve. Doug i Adam. Ten chłopak z jasnorudymi włosami. Oni wszyscy zniknęli, bo nie zdążyli wrócić na czas. Riley widział ich prochy.

Diego, zniecierpliwiony, zmarszczył brwi.

– Wszyscy wiedzą, że w dawnych czasach wampiry musiały za dnia leżeć w trumnach – ciągnęłam. – I nie mogły wychodzić na słońce. Każdy to wie, Diego.

– Masz rację, wszystkie historie tak mówią.

– Zresztą, po co Riley miałby bez powodu zamykać nas w ciemnej piwnicy – jak w jednej wielkiej trumnie – na cały dzień? Przecież z tego wynikają ciągłe walki, niszczymy kolejne domy, a on wciąż musi od nowa wszystko organizować. Chcesz mi powiedzieć, że to lubi?

Coś w moich słowach zastanowiło Diega. Otworzył usta, ale nic nie powiedział.

– O co chodzi? – spytałam.

– „Każdy to wie" – powtórzył. – Co wampiry robią cały dzień w trumnach?

– Hm... Co? No tak, pewnie powinny spać, prawda? Ale zdaje mi się, że tylko leżą tam, kompletnie znudzone, bo przecież my nie... Masz rację, to się nie trzyma kupy.

– Właśnie. Jednak w tych historiach wampiry nie tylko śpią. One są nieprzytomne. Nie są w stanie wyrwać się z letargu. Człowiek bez problemu może podejść i wbić im w pierś osikowy kołek. Mamy więc kolejną rzecz: kołki. Naprawdę myślisz, że ktoś mógłby cię zabić kawałkiem drewna?

Wzruszyłam ramionami.

– Nie zastanawiałam się nad tym. W końcu to nie jest taki sobie zwykły kawałek drewna. Jest zaostrzony i ma pewne... sama nie wiem, jakieś czarodziejskie właściwości.

– Daj spokój! – parsknął Diego.

– Dobra, nie mam pojęcia. Pewnie nie leżałabym spokojnie, gdyby jakiś człowiek rzucił się na mnie z zaostrzonym kijem od miotły.

Diego – wciąż z wyrazem pewnego powątpiewania na twarzy, jakby magia była czymś dziwnym, gdy się jest wampirem – odwrócił się i zaczął wbijać paznokcie w wapień ponad naszymi głowami. Odłamki wpadały mu we włosy, lecz nie zwracał na to uwagi.

– Co ty wyrabiasz?

– Eksperymentuję.

Drapał obiema rękami, aż w końcu mógł stanąć prosto, ale nie przerywał.

– Diego, jeśli wyjdziesz na powierzchnię, to eksplodujesz. Przestań!

– Nie zamierzam wcale... No dobra, udało się.

Usłyszałam głośny trzask, potem następny, ale światło nie wpadło do środka. Diego schylił się tak, że znów widziałam jego twarz, a w ręku trzymał kawałek korzenia jakiegoś drzewa – biały, martwy i suchy, pokryty pyłem. Krawędź w miejscu odłamania była zaostrzona i nierówna.

Rzucił mi go prosto w ręce.

– Dźgnij mnie!

Odrzuciłam korzeń.

– Już lecę.

– Mówię serio. Wiesz, że mnie nie zranisz. – Kawałek drewna znów trafił do mnie, ale odbiłam go.

Diego chwycił go w powietrzu i jęknął:

– Jesteś taka... przesądna!

– Jestem wampirem! To chyba najlepiej dowodzi, że przesądni ludzie mają rację!

– Okej, sam to zrobię.

Dramatycznym gestem wyciągnął rękę przed siebie, jakby trzymał w niej sztylet, którym chce się ugodzić.

– Przestań – zaniepokoiłam się. – To głupie.

– No właśnie. O to mi chodzi. Patrz.

Wbił korzeń w swą pierś, dokładnie tam, gdzie zwykle bije serce, a zrobił to z siłą, która rozerwałaby granitowy blok. Zamarłam ze strachu, dopóki nie usłyszałam śmiechu Diega.

– Szkoda, że nie widzisz swojej miny, Bree.

Wyprostował palce, a drzazgi i odłamki zmiażdżonego korzenia rozsypały się wokół jego stóp. Diego wytarł ręce o koszulkę, i tak już bardzo brudną od biegania po dachach i kopania pod wodą. Przy najbliższej okazji trzeba będzie zdobyć nowe ciuchy.

– Może jest inaczej, kiedy robi to człowiek.

– A kiedy nim byłaś, miałaś może jakieś cudowne zdolności?

– Nie wiem, Diego – rzuciłam zmęczona. – Przecież nie ja wymyśliłam te wszystkie historie.

Skinął głową, nagle poważniejąc.

– A jeśli właśnie o to chodzi? Jeśli one są zmyślone?

Westchnęłam.

– Czy to by coś zmieniło?

– Nie jestem pewien. Ale jeśli chcemy odkryć, czemu tu jesteśmy – czemu Riley przyprowadził nas do n i e j i co o n a chce z nami zrobić – musimy zrozumieć tak wiele, jak to możliwe. – Marszczył czoło, a z jego twarzy zupełnie zniknęło rozbawienie.

Wpatrywałam się w Diega bez słowa, bo nie znałam odpowiedzi na te pytania. Złagodniał trochę i dodał:

– To bardzo pomaga, wiesz? Rozmowa. Pomaga mi się skoncentrować.

– Mnie też – przyznałam. – Nie wiem, dlaczego do tej pory o tym wszystkim nie pomyślałam. Sprawa wydaje się taka oczywista. A od kiedy zastanawiamy się wspólnie… Sama nie wiem. Łatwiej mi znaleźć właściwy kierunek.

– Właśnie. – Diego uśmiechnął się. – Naprawdę się cieszę, że wyszliśmy dzisiaj razem.

– Nie bądź dla mnie taki słodki.

– Co? Nie chcesz być… – otworzył szeroko oczy i dokończył z egzaltowaną przesadą: – …moim BFF? – Roześmiał się na widok głupiego wyrazu mojej twarzy.

Przewróciłam oczami, nie wiedząc, czy nabija się ze mnie, czy z tego dziwnego skrótu.

– No dalej, Bree. Moim BFF, czyli *best friend forever*! Proszę. – Wciąż się śmiał, ale tym razem szczerze i… z nadzieją. Wyciągnął do mnie rękę.

Zamierzałam w końcu przybić z nim porządną piątkę, ale złapał moją dłoń i przytrzymał ją w swojej, a ja zrozumiałam, że chodziło mu o coś innego. To było takie dziwne uczucie, dotykać kogoś pierwszy raz w życiu – a był to pierwszy raz, bo przez trzy miesiące mojego drugiego życia unikałam jakiegokolwiek kontaktu fizycznego z innymi. A teraz poczułam, jakby poraził mnie prąd, tyle że było to całkiem miłe. Uśmiechnęłam się trochę nieśmiało.

– Dobrze, wchodzę w to.

– Doskonale. Nasz własny, zamknięty klub.

– Bardzo ekskluzywny – zgodziłam się.

Diego wciąż trzymał moją rękę. Nie potrząsał nią, ale i jej nie ściskał.

– Musimy obmyślić jakieś tajne hasło – oznajmił.

– Możesz się tym zająć.

– A zatem zwołuję zebranie supertajnego stowarzyszenia najlepszych przyjaciół! Wszyscy obecni, tajne hasło zostanie ustalone w późniejszym terminie – powiedział Diego. – Pierwsza sprawa na tapecie: Riley. Nieświadomy? Błędnie poinformowany? A może kłamie?

Diego wpatrywał się we mnie szczerym, dobrym spojrzeniem. Kiedy wymawiał imię Rileya, nic się nie zmieniło. W tej chwili nabrałam pewności, że nie ma ani krzty prawdy w historiach o Diegu i Rileyu. Diego po prostu był z nim dłużej niż pozostali. Mogłam mu ufać.

– Dodaj temat do listy – wtrąciłam. – Terminarz i plan działań Rileya.

– Strzał w dziesiątkę! Tego właśnie musimy się dowiedzieć. Najpierw jednak jeszcze jeden eksperyment.

– To słowo przyprawia mnie o dreszcze.

– Zaufanie to podstawa tajnego stowarzyszenia.

Diego stanął pod wygrzebaną wcześniej jamą w stropie jaskini – i znów zaczął kopać. Chwilę później jego stopy zawisły w powietrzu, bo podciągał się jedną ręką, a kopał drugą.

– Mam nadzieję, że próbujesz wykopać stamtąd czosnek – powiedziałam i wycofałam się w stronę tunelu wiodącego do morza.

– Te historie to bzdura, Bree! – odkrzyknął. Podciągnął się jeszcze wyżej, a z dziury wciąż sypały się odłamki skał i ziemi. W tym tempie Diego mógł wypełnić jaskinię ziemią w kilka minut. Albo zalać ją światłem, co byłoby już całkiem bezsensowne.

Wślizgnęłam się do tunelu, wysuwając nad jego krawędź tylko opuszki palców i oczy. Woda sięgała mi zaledwie do bioder. W razie niebezpieczeństwa w ciągu sekundy mogłam zniknąć pod jej powierzchnią, a potem spędzić dzień bez oddychania; potrafiłam to zrobić.

Nie byłam wielką fanką ognia. Może z powodu jakiegoś dawnego wspomnienia z dzieciństwa, a może pod wpływem ostatnich wydarzeń. Bycie wampirem było wystarczająco intensywnym przeżyciem.

Diego znajdował się już chyba blisko powierzchni. Po raz kolejny przyszło mi do głowy, że mogę zaraz stracić dopiero co zdobytego jedynego przyjaciela.

– Proszę cię, Diego, przestań – wyszeptałam, wiedząc, że pewnie by się zaśmiał, gdyby to usłyszał, a na pewno by nie posłuchał.

– Zaufaj mi, Bree.

Czekałam więc bez ruchu.

– Już prawie... – zamruczał. – Dobra.

Spodziewałam się jakiegoś światła, iskry albo eksplozji, ale Diego wycofał się, a wciąż było ciemno. W ręku trzymał korzeń, tym razem dłuższy, gruby, pokręcony, prawie tak wysoki jak ja. Spojrzał na mnie, jakby chciał rzec: „A nie mówiłem?".

– Nie jestem całkiem bezmyślny – oświadczył. Potrząsnął korzeniem. – Widzisz, środki ostrożności.

Mówiąc to, wepchnął korzeń w wykopaną dziurę. Spadła stamtąd ostatnia lawina piasku i kamieni. Diego upadł na kolana, by go nie przysypały. A potem ciemność jaskini przeszył promień wspaniałego światła – promień grubości ręki Diega. Światło wyczarowało kolumnę sięgającą od podłogi do sufitu, a w jego blasku widziałam wirujące drobinki kurzu. Wciąż ani drgnęłam, trzymałam się krawędzi tunelu, gotowa zanurkować.

Diego nie odsunął się ani nie zawył z bólu. Nie czułam także dymu. Jaskinia była sto razy jaśniejsza niż przed chwilą, ale nie miało to na niego żadnego wpływu. Może więc historia o cieniu była prawdziwa? Patrzyłam z obawą, jak Diego klęka obok świetlistej kolumny i wpatruje się w nią. Wyglądał na zdrowego, ale zauważyłam drobną zmianę na jego skórze. Jakiś dziwny ruch, może osiadający na niej kurz, który odbijał blask. Jakby Diego zaczął się błyszczeć... Może to nie kurz, pomyślałam, może to początek spalania. Może nie sprawia bólu, a Diego poczuje go, gdy będzie za późno...

Mijały sekundy, a my, wciąż nieruchomi, wpatrywaliśmy się w słoneczne światło.

Potem Diego zrobił coś, co wydało mi się jednocześnie całkowicie oczekiwane oraz zupełnie niewyobrażalne: podniósł rękę i wyciągnął ją w stronę światła.

Zareagowałam błyskawicznie, szybciej, niż zdążyłam pomyśleć. Szybciej niż kiedykolwiek. Pociągnęłam Diega na tył wypełnionej kurzem jaskini, zanim zdążył wysunąć rękę i pokonać ostatni centymetr, który dzielił jego dłoń od kolumny światła.

Pomieszczenie wypełniło się nagle dziwnym blaskiem i poczułam na nodze ciepło dokładnie w tej samej chwili, w której zdałam sobie sprawę, że nie dam rady przycisnąć Diega do ściany bez narażania na słońce własnej skóry.

– Bree! – jęknął Diego.

Automatycznie odwróciłam się i przytuliłam do ściany. Wszystko trwało krócej niż sekundę, a ja cały czas czekałam, aż dopadnie mnie ból. Aż pojawią się płomienie, a potem wybuchną z całą siłą, jak tamtej nocy, kiedy poznałam ją, tylko szybciej. Nagły błysk zniknął, teraz została już tylko świetlista kolumna.

Spojrzałam na twarz Diega – miał szeroko otwarte oczy i usta. Nie ruszał się. Chciałam spojrzeć na swoją nogę, ale jednocześnie bałam się zobaczyć, co z niej zostało. Było inaczej niż wtedy, kiedy Jen oderwała mi rękę, choć tamto bardziej bolało. Tyle że tym razem nie mogłam uleczyć rany.

Ale ból nie nadchodził.

– Bree, widziałaś to?

Potrząsnęłam szybko głową.

– Bardzo źle?

– Źle?

– Z moją nogą – wymamrotałam przez zęby. – Powiedz mi tylko, co z niej zostało.

– Twoja noga wygląda na całą.

Szybko zerknęłam w dół i rzeczywiście – stopa i łydka wyglądały jak przedtem. Poruszałam palcami u nóg. W porządku.

– Boli? – spytał Diego.

Podniosłam się i uklękłam.

– Jeszcze nie.

– Widziałaś, co się stało? To światło.

Potrząsnęłam głową.

– A więc patrz. – Diego ponownie ukląkł przed snopem światła. – Tylko tym razem mnie nie odciągaj. Sama udowodniłaś, że mam rację. – Wystawił rękę. Na ten widok znów poczułam ból i niepokój, mimo że moja noga wyglądała na zdrową.

Gdy palce Diega znalazły się w strudze światła, jaskinia napełniła się milionem lśniących tęczowych odblasków. Zrobiło się tak jasno, jakby błysk odbijał się w sali pełnej luster – światło było wszędzie. Mrugnęłam nerwowo i przeszedł mnie dreszcz. To światło mnie o b l e w a ł o.

– Niesamowite – wyszeptał Diego.

Włożył całą dłoń prosto w snop światła i jakimś cudem zrobiło się jeszcze jaśniej. Obrócił rękę raz, potem drugi. Odblaski tańczyły niczym w wirującym krysztale. Nie pojawił się żaden zapach spalenizny, a Diego najwyraźniej czuł się świetnie. Przyjrzałam się jego dłoni – zdawało mi się, że na jej powierzchni migocą miliardy drobnych kryształków, zbyt małych, by je odróżnić. Wszystkie odbijały światło niczym najjaśniejsze na świecie lustra.

– Chodź tutaj, Bree. Musisz sama spróbować.

Nie widziałam już teraz powodu, by odmówić; byłam zaciekawiona, chociaż również nieco przestraszona. Podeszłam bliżej.

– Żadnych oparzeń?

– Żadnych. Światło nas nie spala, tylko... odbija się od nas. Choć to chyba mało powiedziane.

Poruszając się powoli jak człowiek, niechętnie wyciągnęłam palce, by zanurzyć je w świetle. Na mojej skórze natychmiast pojawiły się refleksy, oświetlając jaskinię tak, że świat poza nią zdawał się pogrążony w ciemności. Ale nie były to zwykłe odbicia, światło łamało się i nabierało tęczowych kolorów, jak odbite w krysztale. Wsunęłam całą dłoń w wiązkę i przestrzeń wokół nabrała jeszcze większego blasku.

– Myślisz, że Riley o tym wie? – wyszeptałam.

– Może tak, a może nie.

– Ale skoro wie, to czemu nam nie powiedział? Jaki ma w tym cel? Przecież w świetle dziennym stajemy się tylko dyskotekowymi kulami. – Wzruszyłam ramionami.

Diego się zaśmiał.

– Chyba wiem, skąd się wzięły te legendy. Wyobraź sobie, że widzisz coś takiego, będąc człowiekiem. Nie pomyślałabyś, że wampir właśnie stanął w płomieniach?

– Jeśli nie zatrzymał się, żeby pogadać... Możliwe.

– To jest niewiarygodne – powiedział.

Narysował palcem linię na mojej jaśniejącej dłoni. A potem zerwał się na równe nogi i stanął pod promienistym prysznicem – jaskinia oszalała światłem.

– Chodź, zmywajmy się stąd. – Sięgnął w górę i podciągnął się, by wydostać się przez świetlistą dziurę na powierzchnię.

Chociaż wiedziałam, co się dzieje, i tak czułam narastający niepokój. Nie chciałam wyjść na tchórza, trzymałam się więc blisko Diega, ale w środku cały czas kurczyłam się ze strachu. Riley bardzo obrazowo opowiadał o spalaniu się w słońcu – w myślach wciąż łączyłam tę groźbę z dniem, w którym płonęłam, by stać się wampirem – dlatego za każdym razem, gdy o tym myślałam, ogarniała mnie panika.

Diego wygrzebał się z dziury, a ja wyszłam za nim chwilę później. Stanęliśmy na małej trawiastej polanie, zaledwie kilka stóp od lasu porastającego całą wyspę. Kilka kroków dzieliło nas od krawędzi klifu, a dalej była już tylko woda. Wszystko wokół nas lśniło kolorami, które spływały z naszych ciał.

– O rany… – wyszeptałam.

Diego uśmiechnął się, a ja spojrzałam na jego piękną, oświetloną twarz i nagle, czując dziwny ucisk w żołądku, zdałam sobie sprawę, że ta cała gadka z BFF była chybiona. Przynajmniej jeśli o mnie chodzi. Teraz było już inaczej.

Szeroki uśmiech Diega zmienił się w delikatny i przyjazny. Oczy miał, jak ja, szeroko otwarte. Zadziwienie i światło. Dotknął mojej twarzy, tak jak przedtem dłoni – jakby próbował pojąć ten blask.

– To takie piękne – powiedział. Nie zabrał ręki z mojego policzka.

Nie jestem pewna, jak długo tam staliśmy, uśmiechając się jak para idiotów i świecąc jak dwie pochodnie. Na morzu nie było żadnych łodzi – i dobrze. Nawet ślepiec by nas nie przegapił. Nie żeby ludzie mogliby nam coś zrobić, ale nie chciało mi się pić, a wrzaski zupełnie zepsułyby atmosferę.

W końcu słońce zakryła gęsta, ciemna chmura. Nagle staliśmy się znów sobą, choć wciąż nieco lśniliśmy. Ale teraz nikt z wyjątkiem wampira o doskonałym wzroku nie mógł nas zauważyć.

Gdy tylko błysk zniknął, w głowie rozjaśniło mi się na tyle, bym mogła pomyśleć, co dalej. Bo choć Diego wyglądał jak dawniej – przynajmniej nie lśnił jak szalony – wiedziałam, że dla mnie już nigdy nie będzie taki sam. Dziwne łaskotanie w żołądku nie zniknęło. Miałam przeczucie, że może zostać tam już na zawsze.

– Powiemy Rileyowi? A może on już wie? – spytałam.

Diego westchnął i opuścił dłoń.

– Nie wiem. Możemy się zastanowić, próbując ich znaleźć.

– Jeśli chcemy tropić w ciągu dnia, musimy być ostrożni. W słońcu stajemy się nieco… widoczni.

Uśmiechnął się.

– Będziemy jak ninja.

Przytaknęłam.

– Supertajny klub ninja brzmi dużo lepiej niż ta cała sprawa z BFF.

– Zdecydowanie tak.

Odnalezienie miejsca, z którego cała grupa odpłynęła z wyspy, zajęło nam jedynie kilka sekund. To była łatwiejsza część zadania. Ale już odkrycie tego, gdzie na stałym lądzie postawili stopę, okazało się dużo trudniejsze. Przez chwilę rozważaliśmy, czy się nie rozdzielić, ale jednogłośnie odrzuciliśmy ten pomysł. Mieliśmy ku temu logiczny powód: gdyby jedno z nas coś znalazło, jak miałoby powiadomić o tym drugie? Ale przede wszystkim nie chciałam zostawiać Diega i wiedziałam, że on czuje to samo. Oboje, przez całe nasze życie, nie mieliśmy obok siebie nikogo bliskiego i szkoda nam było tracić nawet minutę tej przyjemności.

Możliwości, dokąd mogli ruszyć pozostali, było bardzo wiele: w głąb półwyspu, na inną wyspę, z powrotem na przedmieścia Seattle albo na północ, do Kanady. Za każdym razem, gdy burzyliśmy albo paliliśmy nasze domy, Riley był przygotowany – dokładnie wiedział, dokąd wyruszymy. Ten pożar pewnie też zaplanował, ale nie wtajemniczył żadnego z nas. Mogli być wszędzie.

Musieliśmy wynurzać się i zanurzać, by unikać łodzi; ludzie naprawdę nas spowalniali. Cały dzień szukaliśmy bez skutku, ale żadnemu z nas to nie przeszkadzało. Doskonale się bawiliśmy.

To był bardzo dziwny dzień. Zamiast siedzieć smutna w ciemnej piwnicy, próbując uspokoić chaos w głowie i pokonać obrzydzenie, bawiłam się w ninja z moim nowym najlepszym przyjacielem, a może nawet kimś więcej. Dużo się śmialiśmy, przebiegając z jednego zacienionego miejsca w drugie i rzucając w siebie kamykami, jakby to były gwiazdki shuriken używane przez japońskich wojowników.

Potem słońce zaszło i nagle ogarnął mnie niepokój. Czy Riley będzie nas szukał? Czy pomyśli, że spaliliśmy się na popiół? Może już wie, że nie?

Zaczęliśmy się poruszać szybciej, dużo szybciej. Już przedtem sprawdziliśmy okoliczne wyspy, teraz więc koncentrowaliśmy się tylko na stałym lądzie. Jakąś godzinę po zmierzchu wyczułam znajomy zapach i w ciągu kilku sekund złapaliśmy trop. Kiedy już odkryliśmy, którędy szli, równie dobrze moglibyśmy śledzić stado słoni na świeżym śniegu.

Rozmawialiśmy o tym, co robić, coraz poważniej zresztą, nawet podczas biegu.

– Wydaje mi się, że nie powinniśmy mówić Rileyowi – oświadczyłam. – Powiedzmy, że spędziliśmy cały dzień w twojej jaskini, a potem zaczęliśmy ich szukać. – Moja paranoja narastała z każdą minutą. – Albo jeszcze lepiej: powiedzmy, że jaskinia była pełna wody i nie mogliśmy nawet rozmawiać.

– Myślisz, że Riley jest jednym z tych złych, prawda? – Diego zadał to pytanie dopiero po długiej chwili. Mówiąc, ujął mnie za rękę.

– Nie wiem. Ale wolę zachowywać się tak, jakby był zły, na wszelki wypadek. – Zawahałam się i dodałam: – A ty nie chcesz myśleć, że to prawda.

– Zgadza się – przyznał Diego. – Jest dla mnie kimś w rodzaju przyjaciela. Ale nie takiego jak ty. – Ścisnął moje palce. – Jednak bardziej niż ktokolwiek inny. Wolę nie myśleć... – Diego nie skończył zdania.

Odwzajemniłam uścisk.

– Może jest w porządku. A to, że będziemy ostrożni, przecież nic nie zmieni.

– Jasne. A zatem opowiem historię o zatopionej jaskini. Przynajmniej na początku... O słońcu mogę porozmawiać z nim później. Zresztą i tak wolałbym zrobić to w ciągu dnia, aby udowodnić, że mam rację. Na wypadek gdyby Riley znał już prawdę, ale miał jakiś powód, by wmawiać nam co innego, powiem mu to, kiedy będziemy sami. Złapię go o świcie, gdy będzie wracał stamtąd, gdzie zawsze chodzi...

Zauważyłam, że w swojej przemowie Diego używa wyłącznie formy „ja", a nie „my", i trochę mnie to zaniepokoiło. Ale z drugiej strony i tak wolałam nie mieć nic wspólnego z „uświadamianiem" Rileya. Nie wierzyłam w niego tak mocno jak Diego.

– Ninja atakują o świcie! – rzuciłam, by go rozbawić. Zadziałało. Tropiąc nasze stado wampirów, znów zaczęliśmy żartować, ale wiedziałam, że w głębi serca Diego myśli cały czas o poważniejszych sprawach, tak samo jak ja.

Z każdym kolejnym kilometrem stawałam się coraz bardziej niespokojna. Biegliśmy szybko i na pewno złapaliśmy właściwy trop, ale trwało to zdecydowanie za długo. Wciąż oddalaliśmy się od wybrzeża, weszliśmy już w pobliskie góry, na całkiem inne terytorium. Zazwyczaj było zupełnie inaczej.

Wszystkie domy, które sobie pożyczaliśmy – czy to w górach, czy na wyspie, czy na jakiejś dużej farmie – miały pewne wspólne cechy. Nieżyjący właściciele, odludzie i coś jeszcze: wszystkie znajdowały się w pobliżu Seattle. Jak księżyce na orbicie większej planety, czyli dużego miasta. Seattle zawsze było centrum, a zarazem celem. Teraz natomiast byliśmy daleko poza orbitą i czułam, że coś jest nie tak.

Może się myliłam, może po prostu zbyt wiele rzeczy wydarzyło się w ciągu tego jednego dnia. Wszystkie znane mi zasady zostały wywrócone do góry nogami, nie byłam więc w nastroju do następnych niespodzianek. Dlaczego Riley nie mógł wybrać jakiegoś normalnego miejsca?

– Zabawne, że tak bardzo się oddalili – zamruczał Diego. W jego głosie także słyszałam niepokój.

– Albo straszne – wymamrotałam.

Ścisnął mnie za rękę i dodał:

– Jest dobrze. Klub wojowników ninja poradzi sobie ze wszystkim.

– Wymyśliłeś już tajne hasło?

– Pracuję nad tym – obiecał.

Coś zaczęło mnie dręczyć. Jakby pojawiło się coś dziwnego, coś, czego nie mogłam zauważyć, pojąć, ale wiedziałam, że istnieje. Coś tak oczywistego...

I wreszcie, jakieś sto kilometrów na zachód od granic naszego terytorium, znaleźliśmy dom. Tego hałasu nie można było pomylić z żadnym innym. Bum bum bum basów, ścieżka dźwiękowa gier wideo, odgłosy kłótni. Nasza banda, z pewnością.

Wyrwałam dłoń z uścisku Diega, aż spojrzał na mnie zdziwiony.

– Hej, ja cię nawet nie znam! – zażartowałam. – Nie rozmawiałam z tobą, przecież cały dzień przesiedzieliśmy pod wodą. Możesz być ninja albo wampirem, kto wie.

Uśmiechnął się.

– To samo dotyczy ciebie, nieznajoma. – A potem szybko i cicho dodał: – Rób dokładnie to samo co wczoraj. Może jutro wieczorem uda nam się razem wyjść. Zrobić jakiś rekonesans i zorientować się, co się dzieje.

– Dobry plan. Będę milczeć.

Diego schylił się i mnie pocałował – właściwie tylko musnął, ale za to prosto w usta. Całe moje ciało przeszył niespodziewany dreszcz. A potem Diego powiedział:

– Do roboty. – I ruszył zboczem góry prosto w kierunku koszmarnego hałasu. Nie odwrócił się ani razu, już wszedł w swoją rolę.

Nieco oszołomiona szłam kilka kroków za nim, pamiętając, by utrzymać między nami taką odległość, jakiej pilnowałabym w towarzystwie innego wampira.

Dom był wielki, zbudowany w stylu górskiej chaty z bali, wciśnięty między sosny. Dokoła nie zauważyłam śladu jakichkolwiek sąsiadów. Okna były ciemne, jakby w środku nikt nie mieszkał, ale framugi aż trzęsły się od głośnej muzyki dobiegającej z piwnicy. Diego wszedł pierwszy, a ja próbowałam wślizgnąć się za nim, jakby był Kevinem czy Raoulem i jakbym musiała chronić swoją przestrzeń. Szybko znalazł schody i zszedł na dół pewnym krokiem.

– Chcieliście mnie zgubić, frajerzy? – zapytał.

– O, hej! Diego jednak żyje. – Usłyszałam, jak Kevin odpowiada bez najmniejszego entuzjazmu.

– Nie dzięki tobie – rzucił Diego, a ja przemknęłam do ciemnej piwnicy. Jedyne światło dochodziło z ekranów telewizyjnych, ale i tak było go więcej, niż potrzebowaliśmy. Pośpieszyłam do kąta, w którym Fred zajmował całą kanapę, zadowolona, że mogę grać nerwową, bo i tak nie ukryłabym swoich emocji. Przełknęłam ślinę, czując nagły atak obrzydzenia, i zwinęłam się w kłębek na podłodze za kanapą. Kiedy kucnęłam, odstręczający smród Freda nieco zelżał. A może po prostu się do niego przyzwyczajałam.

W piwnicy było pustawo, bo przybyliśmy tu w środku nocy. Wszystkie młode wampiry miały takie same oczy jak ja – koloru jasnej, dopiero co odżywionej czerwieni.

– Musiałem posprzątać bałagan, którego narobiłeś – Diego zwrócił się do Kevina. – Zanim dotarliśmy do domu, prawie świtało. Cały dzień musieliśmy spędzić w jaskini wypełnionej wodą.

– Idź się poskarżyć Rileyowi. Mam to gdzieś.

– Widzę, że małej też się upiekło – odezwał się jakiś głos.

Zadrżałam, słysząc Raoula. Trochę mi ulżyło, że nie zna mojego imienia, lecz i tak ogarnął mnie strach na myśl, że w ogóle mnie zauważył.

– Tak, szła za mną. – Nie widziałam Diega, ale wiedziałam, że wzruszył ramionami.

– Zostałeś zbawicielem dnia? – kpił Raoul.

– Nie dostaje się dodatkowych punktów za bycie idiotą.

Wolałabym, żeby Diego nie drażnił Raoula. Miałam nadzieję, że Riley niedługo wróci. Jedynie on mógł choć trochę utemperować Raoula. Ale Riley najwidoczniej był na polowaniu, łapiąc dla n i e j popaprane dzieciaki. Albo robił coś innego, o czym nie mieliśmy pojęcia.

– Ciekawe podejście, Diego. Myślisz, że Riley lubi cię tak bardzo, iż zmartwi się, gdy cię zabiję. A ja sądzę, że się mylisz. Ale tak czy owak, w tej chwili on i tak uważa, że nie żyjesz.

Słyszałam, jak inni się poruszyli. Niektórzy pewnie po to, by wesprzeć Raoula, inni – by usunąć mu się z drogi. Siedząc w swej kryjówce, zawahałam się – nie mogłam pozwolić, by Diego walczył z nimi sam, ale nie chciałam też zdradzić naszej tajemnicy, która na pewno by się wydała. Miałam nadzieję, że Diego przetrwał tak długo dlatego, że posiadał jakąś niezwykłą umiejętność walki. A ja w tym względzie nie miałam wiele do zaoferowania. Byli tu trzej członkowie bandy Raoula i jeszcze inni, którzy pewnie pomogliby mu, aby zyskać jego sympatię. Czy Riley wróci do domu, zanim zdążą nas spalić?

Diego spokojnie odpowiedział:

– Aż tak bardzo boisz się zmierzyć ze mną sam na sam? Typowe.

Raoul parsknął śmiechem.

– Czy ten tekst na kogoś działa? Chyba tylko w filmach. Po co mam z tobą walczyć? Nie chcę cię pobić, chcę z tobą skończyć.

Przykucnęłam, gotowa wyskoczyć do ataku. Raoul nie przestawał mówić. Widać bardzo lubił dźwięk własnego głosu.

– Nie trzeba nas aż tak wielu, żeby cię załatwić. Tych dwóch zajmie się jedynym świadkiem twego ocalenia. Tą małą... jak ona się nazywa?

Zamarłam w bezruchu. Próbowałam się otrząsnąć z przerażenia, by stanąć do walki w pełni sił, choć pewnie nie miałoby to żadnego znaczenia. Nagle poczułam coś innego, zupełnie niespodziewanego – falę mdłości tak potężną, tak wszechogarniającą, że nie mogłam dłużej usiedzieć w kucki. Padłam na podłogę, z trudem oddychając.

Nie tylko ja tak zareagowałam. Usłyszałam krzyki odrazy i odgłosy wymiotów z każdego kąta piwnicy. Kilku chłopaków rzuciło się pod ściany. Mogłam ich zobaczyć: oparli się plecami o mur, wyciągając szyje, jakby próbowali uciec przed tym koszmarnym uczuciem. Przynajmniej jeden z nich był członkiem bandy Raoula.

Usłyszałam też jego charakterystyczny skowyt, który zaczął cichnąć, gdy Raoul wbiegł po schodach. Nie tylko on zresztą. Połowa wampirów zniknęła na górze. Ja nie miałam takiej możliwości, ledwie mogłam się poruszyć. Po chwili zdałam sobie sprawę, że powodem tego była bliskość Strasznego Freda. To on odpowiadał za to, co się stało. Czułam się fatalnie, ale zrozumiałam, że właśnie ocalił mi tym życie. Tylko dlaczego?

Fala mdłości powoli opadała. Podczołgałam się do brzegu kanapy i oceniłam sytuację. Wszyscy kolesie Raoula zniknęli, ale Diego wciąż był w piwnicy, na drugim końcu wielkiego pomieszczenia, niedaleko telewizorów. Wampiry, które zostały, powoli otrząsały się z szoku, choć niektóre wciąż wyglądały na otępiałe. Większość rzucała podejrzliwie spojrzenia w kierunku Freda. Ja również zerknęłam na tył jego głowy, ale niczego nie dostrzegłam. Szybko odwróciłam wzrok. Spoglądanie na Freda zawsze wywoływało mdłości.

– Ciszej.

Niski głos należał do Freda. Nigdy przedtem nie słyszałam, by się odzywał. Wszyscy spojrzeli na niego, a po chwili odwrócili się, by znowu nie ogarnęło ich obrzydzenie. A więc Fred po prostu chciał mieć święty spokój! No i dobrze. Dzięki temu udało mi się przeżyć. Przed świtem coś innego prawdopodobnie przyciągnie uwagę Raoula i wyładuje złość na kimś innym. Zresztą wczesnym rankiem, jak zwykle, miał wrócić Riley. Gdy dowie się, że Diego siedział w jaskini i nie spaliło go słońce, Raoul nie będzie już miał powodu, by atakować jego czy mnie.

Taki był w każdym razie optymistyczny scenariusz. Tymczasem Diego i ja powinniśmy wymyślić sposób, by trzymać się z dala od Raoula. Znów ogarnęło mnie przeczucie, że umyka mi jakieś oczywiste rozwiązanie. Jednak zanim zdążyłam je sobie uświadomić, ktoś mi przerwał.

– Przepraszam.

Niski, prawie niedosłyszalny pomruk mógł pochodzić wyłącznie od Freda. I chyba tylko ja znajdowałam się dość blisko, by go usłyszeć. Czyżby mówił do mnie? Spojrzałam na niego i nic nie poczułam. Nie widziałam jednak jego twarzy, bo wciąż był odwrócony plecami. Miał gęste, falujące blond włosy. Nigdy tego nie zauważyłam, przez te wszystkie dni, gdy chowałam się w jego cieniu. Riley nie żartował, gdy mówił, że Fred jest wyjątkowy. Obrzydliwy, ale naprawdę wyjątkowy. Czy Riley zdawał sobie sprawę, że Fred ma taką... władzę? Potrafił w ciągu sekundy uspokoić całą piwnicę wampirów. Wprawdzie nie widziałam wyrazu jego twarzy, ale zdawało mi się, że czeka teraz na moją odpowiedź.

– Hm, nie ma za co – wyszeptałam.

– Dzięki.

Fred wzruszył ramionami.

A potem już nie mogłam na niego dłużej patrzeć.

Kolejne godziny mijały wolniej niż zwykle, a ja wciąż bałam się, że wróci Raoul. Od czasu do czasu próbowałam spojrzeć na Freda – pod ochronną powłokę, którą sobie stworzył – ale za każdym razem mnie odrzucało. Jeśli starałam się zbyt mocno, niemal dostawałam torsji. Myślenie o Fredzie powodowało jednak, że nie myślałam o Diegu. Próbowałam udawać, że nie obchodzi mnie, gdzie jest, ani co robi. Nie patrzyłam na niego, ale na wszelki wypadek słuchałam jego charakterystycznego oddechu. Siedział po drugiej stronie piwnicy, słuchając na laptopie swoich nowych płyt. A może tylko udawał, że słucha, tak jak ja udawałam, że czytam książki wyjęte z mokrego plecaka. Przeglądałam strony w swoim zwykłym tempie, ale nic nie rozumiałam. Czekałam na Raoula.

Na szczęście pierwszy pojawił się Riley. Raoul i jego banda przywlekli się tuż za nim, ale byli mniej głośni i obrzydliwi niż zazwyczaj. Może Fred dał im jednak jakąś nauczkę. Choć pewnie to złudzenie. Bardziej prawdopodobne, że Fred ich zdenerwował. Miałam nadzieję, że będzie teraz na siebie uważał.

Riley od razu podszedł do Diega. Słuchałam ich rozmowy, wciąż odwrócona do nich plecami, z oczami wbitymi w książkę. Kątem oka widziałam, jak po piwnicy snują się idioci Raoula, szukając swoich ulubionych gier czy innych rzeczy, którymi się zajmowali, zanim Fred ich stąd wykurzył. Był tam także Kevin, ale wyglądało na to, że on akurat szuka czegoś innego niż rozrywka. Kilka razy zdawał się spoglądać w miejsce, w którym siedziałam, jednak aura Freda trzymała go na dystans. Poddał się po paru minutach – widać zrobiło mu się niedobrze.

– Słyszałem, że ci się udało – odezwał się Riley, wyraźnie zadowolony. – Zawsze mogę na ciebie liczyć, Diego.

– Nie ma sprawy. – Diego mówił spokojnym głosem. – Tylko nie każ mi więcej spędzać całego dnia bez oddychania.

Riley się zaśmiał.

– Następnym razem wymyśl coś lepszego. Daj przykład maluchom.

Diego także się uśmiechnął. Usłyszałam, jak Kevin odetchnął z ulgą. Czyżby naprawdę aż tak bardzo martwił się, że Diego napyta mu biedy? Może Riley jednak słuchał Diega uważniej, niż mi się zdawało. Zastanawiałam się, czy właśnie dlatego Raoul tak bardzo się wścieka. Czy to dobrze, że Diego jest w tak dobrych stosunkach z Rileyem? A może ten ostatni jednak jest w porządku? W końcu ich przyjaźń chyba nie przekreśla szans na mój związek z Diegiem, prawda?

Po wschodzie słońca czas wcale nie płynął szybciej. W piwnicy, jak zawsze, było pełno wampirów i panowała nerwowa atmosfera. Gdyby wampiry mogły chrypnąć, Riley prędko straciłby głos od ciągłego wrzeszczenia. Tymczasem kilkoro dzieciaków straciło różne kończyny, ale nikt nie spłonął. Głośna muzyka mieszała się z odgłosami gier i zaczęłam się cieszyć, że nie może boleć mnie głowa.

Próbowałam czytać książki, ale byłam w stanie jedynie przewracać kartki jedną po drugiej; oczy odmówiły mi posłuszeństwa. Ułożyłam więc kolejne tomy w równym stosie przy kanapie, dla Freda. Zawsze zostawiałam mu swoje książki, choć nie mam pojęcia, czy którąkolwiek przeczytał. Nie potrafiłam przyglądać mu się wystarczająco długo, by dostrzec, jak spędza czas.

Przynajmniej Raoul ani razu nie spojrzał w moją stronę, tak samo jak Kevin ani żaden z pozostałych wampirów. Nigdy nie miałam aż tak skutecznej kryjówki. Nie mogłam zobaczyć, czy Diego rozsądnie ignorował moją osobę, bo sama ignorowałam go zadziwiająco pilnie. Nikt nie mógłby podejrzewać, że łączy nas jakaś zmowa – może z wyjątkiem Freda. Czy dostrzegł, jak przygotowywałam się do walki z Raoulem u boku Diega? Nawet jeśli tak, nie martwiło mnie to zbytnio. Gdyby Fred źle mi życzył, pozwoliłby mi zginąć poprzedniej nocy. Niewiele musiałby robić.

Kiedy słońce zaczęło zachodzić, w piwnicy zrobiło się głośniej. Tam, pod ziemią, nie widzieliśmy gasnącego światła, bo nawet na górze okna były zasłonięte – na wszelki wypadek. Jednak po tylu długich dniach łatwo było wyczuć, kiedy kończy się następny. Nowo narodzeni zaczęli chodzić nerwowo, męcząc Rileya pytaniami, czy mogą wyjść na polowanie.

— Kristie, przecież byłaś na zewnątrz wczoraj — przypomniał Riley, a ton wskazywał, że jego cierpliwość jest na wyczerpaniu. — Heather, Jim, Logan, idźcie. Warren, masz ciemne oczy, zabieraj się z nimi. Hej, Saro, nie jestem ślepy — wracaj tutaj!

Dzieciaki, które uziemił, pochowały się po kątach; niektóre czekały tylko, aż Riley wyjdzie, by wbrew jego zakazom móc się wymknąć.

— Hm, Fred, dzisiaj chyba twoja kolej — rzekł Riley, nie patrząc jednak w naszym kierunku. Usłyszałam, że Fred wzdycha, wstając z kanapy. Gdy przechodził przez piwnicę, wszyscy — nawet Riley — skrzywili się z obrzydzeniem. Jednak w przeciwieństwie do pozostałych Riley jednocześnie się uśmiechnął. Lubił swojego utalentowanego wampira.

Kiedy Fred wyszedł, poczułam się, jakbym była naga. Teraz wszyscy mogli mnie zobaczyć. Siedziałam nieruchomo, z pochyloną głową, i robiłam wszystko, by nie rzucać się w oczy pozostałym.

Na szczęście dla mnie Riley tego wieczoru bardzo się śpieszył. Zatrzymał się jedynie na chwilę, by spojrzeć na tych, którzy wyraźnie zmierzali w stronę drzwi, ale nie straszył ich, i sam też wyszedł. Zwykle w tym momencie wygłaszał któryś z wariantów swojego przemówienia o tym, że mamy nie zwracać na siebie uwagi, ale tego wieczoru było inaczej. Wyglądał na zafrasowanego i niespokojnego. Byłam gotowa się założyć, że szedł zobaczyć się z n i ą. Dlatego też nie miałam za bardzo ochoty spotykać się z nim o świcie.

Czekałam, aż Kristie oraz troje jej kompanów wyjdzie, i wyślizgnęłam się zaraz za nimi. Próbowałam zachowywać się tak, jakby naturalne było, że się z nimi zabieram, ale jednocześnie pilnowałam się, aby ich nie zirytować. Nie spojrzałam ani na Raoula, ani na Diega. Skoncentrowałam się na tym, by nikt mnie nie zauważył. Taka tam sobie wampirzyca.

Kiedy już wyszliśmy z domu, natychmiast oddzieliłam się od Kristie i pobiegłam do lasu. Miałam nadzieję, że tylko Diego będzie chciał odnaleźć mój zapach i mnie. W połowie zbocza pobliskiej góry wspięłam się na najwyższe gałęzie wielkiego, samotnie rosnącego świerku. Rozciągał się stąd niezły widok. Gdyby ktoś zechciał mnie śledzić, bez trudu mogłam go w porę dostrzec. Okazało się, że byłam przesadnie ostrożna. Chyba nawet niepotrzebnie zachowywałam się tak czujnie przez cały dzień. Tylko Diego poszedł za mną. Zobaczyłam go z oddali i wyszłam mu na spotkanie.

– Długi dzień – powiedział, przytulając mnie.
– Twój plan jest trudny do zrealizowania.

Odwzajemniłam uścisk, z radością zdając sobie sprawę, jakie to przyjemne.

– Może mam lekką paranoję – przyznałam.

– Przepraszam za ten cyrk z Raoulem. Niewiele brakowało.

Przytaknęłam.

– Dobrze, że Fred jest taki obrzydliwy.

– Ciekawe, czy Riley wie, jaki potencjał ma ten dzieciak – zastanowił się Diego.

– Wątpię. Do tej pory nie widziałam, żeby Fred robił taki numer, a spędzam koło niego dość dużo czasu.

– Okej, to już sprawa Strasznego Freda. My mamy własny sekret, który musimy zdradzić Rileyowi.

Poczułam, jak przechodzi mnie dreszcz.

– Wciąż nie jestem pewna, czy to dobry pomysł.

– Nie dowiemy się, póki nie zobaczymy, jak zareaguje Riley – orzekł Diego.

– Wiesz, ja tak ogólnie nie lubię „się dowiadywać".

Spojrzał na mnie spod zmrużonych powiek.

– A co powiesz na małą przygodę?

– To zależy – wahałam się.

– Myślałem o głównych zadaniach naszego stowarzyszenia. Pamiętasz? O tym, że mamy dowiedzieć się jak najwięcej.

– No i?

– Uważam, że powinniśmy śledzić Rileya. Dowiedzieć się, co robi.

Spojrzałam na niego ze zdziwieniem.

– Ale przecież Riley zorientuje się, że go tropimy. Wyczuje nasze zapachy.

– Wiem o tym. Dlatego mam pomysł. Sam pójdę za jego zapachem. Ty będziesz trzymać się kilkaset metrów za mną i iść na słuch. Wtedy Riley wyczuje tylko mnie, a to nie problem, bo mam mu przecież coś ważnego do powiedzenia. Zdradzę mu wielki sekret z żywą wampirzą kulą dyskotekową. Zobaczę, co mi powie. – Diego wciąż mi się przypatrywał. – Ale ty… Ty na razie nie zdradzaj się, że wiesz, dobrze? Jeśli nie wydarzy się nic złego, dam ci znać.

– A jeśli Riley wróci wcześniej ze swojej wyprawy? Nie wolałbyś rozmawiać z nim tuż przed świtem, żeby pokazać, jak się błyszczymy?

– Tak… To może być mały problem. I może wpłynąć na przebieg naszej rozmowy. Ale wydaje mi się, że powinniśmy zaryzykować. Riley chyba się dzisiaj śpieszył, prawda? Może potrzebuje całej nocy, by zrobić to, co zamierza? – zastanawiał się Diego.

– Być może. A może po prostu bardzo się śpieszył, aby ją zobaczyć. Chyba lepiej, żebyśmy nie robili mu niespodzianki, jeśli o n a jest w pobliżu. – Oboje drgnęliśmy nerwowo.

– Racja. A jednak... – Diego zmarszczył czoło.
– Nie wydaje ci się, że to, co nadchodzi, jest coraz bliżej? A jeśli nie zostało nam dużo czasu, by zorientować się, w czym rzecz?

Niechętnie przytaknęłam.

– Tak, to prawda.

– Spróbujmy więc. Riley mi ufa, no i mam dobry powód, żeby chcieć z nim porozmawiać.

Rozważałam strategię Diega. Znałam go wprawdzie tylko jeden dzień, ale wiedziałam, że nie jest paranoikiem.

– Wiesz, ten twój skomplikowany plan... – zaczęłam.

– O co chodzi? – spytał.

– Wygląda mi na jednoosobową robotę. A nie na przygodę tajnego stowarzyszenia. Przynajmniej jeśli chodzi o jego niebezpieczną część.

Diego zrobił taką minę, iż wiedziałam już, że mam rację.

– To mój pomysł, to przecież ja... – zawahał się, szukając odpowiedniego słowa. – To ja ufam Rileyowi. I tylko ja ryzykuję, że się wścieknie, jeśli się mylę.

Nie należałam do odważnych, fakt, ale wiedziałam, co robię.

– Nie tak działa tajne stowarzyszenie.

Skinął głową, jednak nie wiedziałam, co myśli.

– W porządku, jeszcze o tym porozmawiamy – rzucił w końcu. Ale wyczułam, że nie mówi szczerze. – Zostań na drzewach i pilnuj mnie z góry, dobrze?

– Dobrze.

Diego ruszył z powrotem w stronę domu, poruszając się bardzo szybko. Przemykałam między drzewami, które rosły tak gęsto, że rzadko kiedy musiałam przeskakiwać z jednego na drugie, wystarczyło przechodzić po gałęziach. Starałam się zachowywać jak najciszej, jakby uginanie się konarów wywoływał tylko wiatr. A że noc była wietrzna, okazało się to całkiem łatwe. Było też zimno jak na lato, choć oczywiście zupełnie mi to nie przeszkadzało.

Diego bez problemu złapał trop Rileya niedaleko domu i od razu ruszył za nim, a ja trzymałam się w pewnej odległości – kilkanaście metrów za nim i jakieś sto metrów powyżej niego, ukryta w gałęziach drzew porastających zbocze. Gdy drzewa zaczynały gęstnieć, Diego nadeptywał na jakąś gałąź, bym go przypadkiem nie zgubiła.

Poruszaliśmy się sprawnie: on biegł, a ja udawałam latającą wiewiórkę, ale już po jakimś kwadransie zobaczyłam, że Diego zwalnia. Widocznie zbliżaliśmy się do celu. Weszłam wyżej, szukając dobrego punktu obserwacyjnego, i znalazłam drzewo wyższe od pozostałych. Jakieś pół kilometra dalej dostrzegłam otwarte pole, liczące kilkanaście akrów. Prawie w samym środku tej przestrzeni, bliżej wschodniej strony lasu, stało coś, co wyglądało jak wielgachny domek z piernika. Pomalowany na jaskrawy róż, zieleń i biel dom był wręcz absurdalnie bogato ozdobiony – w każdym możliwym miejscu umieszczono skomplikowane wykończenia i detale. W mniej stresującej sytuacji wybuchnęłabym śmiechem na widok czegoś podobnego.

Nigdzie nie dostrzegłam Rileya, ale skoro Diego zatrzymał się, zrozumiałam, że to koniec naszego pościgu. Może to był zastępczy dom, który Riley przygotował na wypadek, gdyby chata z bali się zawaliła? Tyle że ten budynek był dużo mniejszy niż którykolwiek z naszych poprzednich domów, i zdawało mi się, że nie ma piwnicy. No i stał jeszcze dalej od Seattle niż nasza chata.

Diego spojrzał na mnie z dołu, więc pokazałam mu gestem, by do mnie dołączył. Skinął głową, cofnął się kawałek i wykonał niewiarygodny skok! Zastanawiałam się, czy ja potrafiłabym – chociaż byłam młoda i silna – wyskoczyć tak wysoko. Chwycił jedną z gałęzi, a niezbyt uważny obserwator nie zauważyłby, że Diego zboczył z obranej wcześniej ścieżki. Tym bardziej że zaczął skakać w różne strony po czubkach drzew, upewniając się, że jego trop nie od razu doprowadzi do mnie. Gdy w końcu uznał, że jest dość bezpiecznie, by mógł do mnie dołączyć, od razu wziął mnie za rękę. Bez słowa skinęłam głową w stronę piernikowego domku. Diego uśmiechnął się nieznacznie.

Razem zaczęliśmy zmierzać w kierunku wschodniej ściany domku, wciąż kryjąc się w konarach drzew. Zbliżyliśmy się na bezpieczną odległość, zostawiając przed sobą jeszcze kilka drzew – a potem w milczeniu siedzieliśmy i słuchaliśmy.

Wiejący wiatr uprzejmie zelżał i udało nam się coś dosłyszeć. Dziwne odgłosy pocierania czy cykania. Na początku ich nie rozpoznałam, ale potem Diego uśmiechnął się tajemniczo, wydął usta i bezgłośnie pocałował powietrze.

No tak, całowanie wampirów wygląda inaczej niż ludzkie. Żadnych miękkich, mięsistych, wypełnionych płynem komórek, które mogłyby się o siebie ocierać. Kamienne wargi, nic więcej. Już słyszałam dźwięk pocałunku wampirów – kiedy Diego musnął moje usta wczoraj wieczorem – ale nie skojarzyłabym go z tą sytuacją. Spodziewałam się bowiem tutaj czegoś zupełnie innego.

Nagle wszystko stanęło na głowie! Byłam przekonana, że Riley idzie spotkać się z n i ą, aby otrzymać nowe instrukcje albo przyprowadzić nowych rekrutów. Ale nigdy nie przyszłoby mi na myśl, że trafię tutaj na jakieś... miłosne gniazdko.

Jak Riley mógł j ą całować? Wzdrygnęłam się i spojrzałam na Diega. On również wyglądał na lekko przejętego, ale tylko wzruszył ramionami.

Wróciłam myślami do ostatniej nocy mojego człowieczeństwa i natychmiast zadrżałam na wspomnienie owego niesamowitego żaru. Próbowałam przypomnieć sobie jakieś chwile przedtem, ale wszystko było jakby zamglone... Najpierw okropnie się bałam, kiedy Riley podjechał do tamtego ciemnego domu. Zniknęło wtedy poczucie bezpieczeństwa, które miałam jeszcze chwilę wcześniej w knajpie z burgerami. Ale wtedy on nagle zamknął moją rękę w stalowym uścisku i wyciągnął mnie z auta jak szmacianą lalkę. Następnie – przerażenie i niedowierzanie, gdy Riley jednym susem doskoczył do drzwi oddalonych o dziesięć metrów. Przerażenie i ból, który zagłuszył niedowierzanie, gdy Riley złamał mi rękę, ciągnąc mnie przez drzwi czarnego domu. I ten głos.

Gdy mocniej się skoncentrowałam, usłyszałam go znów. Wysoki, śpiewny, podobny do głosu małej dziewczynki, ale bardziej... nadąsany. Jak głos dziecka wpadającego w histerię. Pamiętam nawet, co powiedziała: „Po co przyprowadziłeś takie coś? Jest za mała". Albo coś podobnego. Może pomyliłam słowa, ale sens był właśnie taki.

Tamtej nocy Riley wyraźnie pragnął ją zadowolić i, najwyraźniej próbując zażegnać awanturę, odpowiedział: „Ale to kolejne ciało. Przynajmniej odwróci uwagę". Zdaje mi się, że skuliłam się wtedy, a Riley potrząsnął mną boleśnie, lecz nie odezwał się słowem. Traktował mnie jak psa, nie jak człowieka.

„Cała noc zmarnowana – narzekał dziecięcy głos. – Wszystkich ich zabiłam. Fuj!".

Pamiętam, że w tamtej chwili cały dom zatrząsł się, jakby wjechał w niego samochód. Zrozumiałam, że to o n a prawdopodobnie kopnęła ze złością jakiś przedmiot.

„Dobrze już. Pewnie, nawet mała jest lepsza niż nic. Skoro na więcej cię nie stać. Zresztą jestem taka pełna, że powinnam umieć się powstrzymać".

Silne palce Rileya zniknęły i zostałam sama z głosem. Byłam zbyt przerażona, by wydać z siebie jakikolwiek dźwięk. Zamknęłam oczy, choć w ciemności i tak nic nie widziałam. Nie krzyknęłam, dopóki coś nie wbiło się w moją szyję, paląc ją niczym ostrze zanurzone w kwasie.

Skrzywiłam się na samo wspomnienie i spróbowałam wyrzucić z pamięci to, co nastąpiło później. Skupiłam się za to na tamtej krótkiej rozmowie. O n a nie mówiła wtedy tak, jak mówi się do kochanka czy choćby przyjaciela. Bardziej jak do… pracownika. Takiego, którego niezbyt się lubi i zamierza wkrótce zwolnić.

Tymczasem dziwne odgłosy wampirzego całowania nie ustawały. Ktoś westchnął z zadowoleniem. Spojrzałam na Diega, marszcząc brwi. Nic z tego nie rozumieliśmy. Jak długo mamy tutaj siedzieć? Przechylił głowę na bok i słuchał uważnie. Po upływie kilku minut niskie, romantyczne odgłosy nagle ucichły.

– Ilu?

Głos tłumiła odległość, ale słyszałam go wyraźnie. I poznałam. Wysoki, prawie jak szczebiot. Jak głosik rozpuszczonej dziewczynki.

– Dwudziestu dwóch – odpowiedział z dumą Riley.

Diego i ja wymieniliśmy zaniepokojone spojrzenia. To nas było dwadzieścioro dwoje, kiedy ostatnio liczyliśmy. Musieli mówić o nas.

– Myślałem, że dwoje mi się spaliło w słońcu, a starszy dzieciak z tych dwojga jest bardzo... posłuszny – mówił dalej Riley. Gdy opowiadał o Diegu jako o swoim „dzieciaku", słychać było w jego głosie dziwną czułość. – Ma swą podziemną kryjówkę, w której siedział razem z tą młodszą.

– Jesteś pewien?

Nastąpiła dłuższa chwila ciszy, lecz tym razem nie przerywały jej romantyczne odgłosy. Zdawało mi się, że nawet z odległości wyczuwam między nimi napięcie.

– Tak. To dobry dzieciak, jestem pewien.

Kolejna pauza. Nie zrozumiałam jej pytania. Co miała na myśli, mówiąc: „Jesteś pewien?". Czyżby uznała, że Riley usłyszał tę historię od kogoś innego, a nie od samego Diega?

– Dwudziestu dwóch może być – oznajmiła z zadowoleniem i napięcie zdawało się ustępować. – Czy zmienia się ich zachowanie? Niektórzy mają już prawie rok. Wciąż działają według normalnego wzoru?

– Tak – potwierdził Riley. – Wszystko działa nienagannie, zgodnie z twoimi poleceniami. Oni nie myślą, robią tylko to, co zawsze. Zresztą mogę odwrócić ich uwagę pragnieniem, to pozwala mi ich kontrolować.

Zmarszczyłam czoło i zerknęłam na Diega. Riley nie chciał, żebyśmy myśleli. Ale dlaczego?

– Świetnie ci poszło – zachwycała się nasza stwórczyni. Usłyszeliśmy kolejny pocałunek. – Dwadzieścia dwie sztuki!

– Już czas? – z zapałem spytał Riley.

Odpowiedź nadeszła szybko, niczym wymierzony policzek.

– Nie! Jeszcze nie zdecydowałam kiedy.

– Nie rozumiem.

– I nie musisz. Ty masz tylko wiedzieć, że nasi wrogowie są bardzo potężni. Powinniśmy zachować maksymalną ostrożność. – Mówiła łagodniejszym, słodszym głosem. – Cała dwudziestka dwójka wciąż żyje... Nawet z tym, do czego tamci są zdolni... jak sobie poradzą z dwudziestoma dwoma? – Zaśmiała się dźwięcznie.

Diego i ja nieustannie się w siebie wpatrywaliśmy i widziałam teraz w jego oczach, że myśli dokładnie to samo co ja. Tak, stworzono nas w jakimś celu, tak jak sądziliśmy. Mieliśmy też jakiegoś wroga. Czy raczej: nasza stwórczyni miała wroga. Zresztą, co to za różnica?

– Decyzje, decyzje – zamruczała. – Jeszcze nie. Może zbierzmy jeszcze jedną grupę, na wszelki wypadek.

– Jeśli dodamy nowych, to może zmniejszyć naszą liczebność. – Riley mówił z wahaniem, jakby nie chciał jej rozdrażnić. – Kiedy sprowadzam nową grupę, zawsze robi się niespokojnie.

– To prawda – przytaknęła, a ja wyobraziłam sobie, jak Riley oddycha z ulgą, że się nie zdenerwowała.

Nagle Diego odwrócił się ode mnie i spojrzał na polanę. Nie usłyszałam żadnego ruchu dochodzącego z domu, ale może o n a wyszła. Obróciłam głowę za jego spojrzeniem i zamarłam. Zobaczyłam, co przyciągnęło uwagę Diega.

Przez otwarte pole w stronę domu zmierzały cztery postacie. Weszły na polanę od zachodu, w miejscu najbardziej od nas oddalonym. Wszystkie miały na sobie długie, ciemne peleryny z dużymi kapturami, więc na początku pomyślałam, że to ludzie. Może i dziwni, ale jednak ludzie, bo żaden ze znanych mi wampirów nie gustował w gotyckich ubraniach. I żaden nie poruszał się w sposób tak gładki, opanowany i... elegancki. Szybko zrozumiałam jednak, że żaden człowiek nie umiałby się tak poruszać. A co więcej, nie potrafiłby tego robić tak cicho. Odziane w peleryny postacie płynęły po trawie w absolutnej ciszy. Albo więc były wampirami, albo innymi nadnaturalnymi istotami. Może duchami? Jeśli jednak to były wampiry, nie znałam ich, co oznaczało, że równie dobrze mogą być wrogami, o których mówiła o n a. A skoro tak, powinniśmy się stamtąd zabierać jak najszybciej, bo nie mieliśmy przy boku dwudziestu pozostałych nowo narodzonych.

Chciałam od razu wiać, ale bałam się, że zwrócę na siebie uwagę postaci w pelerynach. Patrzyłam więc, jak bezszelestnie suną do przodu, rozglądając się uważnie dokoła. Cały czas w idealnej formacji rombu, którego krawędzie ani razu nie załamały się, bez względu na to, jak zmieniało się ukształtowanie terenu pod ich stopami. Ten z przodu wydawał mi się mniejszy od innych, a jego peleryna była ciemniejsza. Nie musieli nawet tropić czy szukać zapachu – doskonale wiedzieli, dokąd zmierzają. Może zostali zaproszeni?

Szli prosto w kierunku domu, a ja wreszcie zdecydowałam się odetchnąć, kiedy w ciszy zaczęli wchodzić na schody prowadzące do frontowych drzwi. Przynajmniej nie przyszli tu po mnie i po Diega. Czekaliśmy, aż znikną nam z oczu, abyśmy naresznie mogli z wiatrem rozpłynąć się między drzewami i aby nikt nie domyślił się, że tu byliśmy.

Spojrzałam na Diega i skinęłam głową w kierunku, z którego przyszliśmy. Zmrużył oczy i ostrzegawczo podniósł palec. No pięknie, chciał tutaj zostać! Przewróciłam oczami i zdumiałam się, że stać mnie na ironię w chwili takiego przerażenia.

Popatrzyliśmy ponownie w stronę domku. Postacie w pelerynach weszły do środka, a ja nagle uświadomiłam sobie, że ani o n a, ani Riley nie odezwali się, odkąd goście pojawili się w zasięgu naszego wzroku. Z pewnością oboje coś usłyszeli albo podświadomie wyczuli, że grozi im niebezpieczeństwo.

– Nie wysilajcie się – odezwał się czysty, spokojny, zrównoważony głos. Nie był tak wysoki, jak ten należący do naszej stwórczyni, ale i tak wydawał mi się dziewczęcy. – Myślę, że wiecie, kim jesteśmy, wiecie więc także, że próby zaskoczenia nas nie mają sensu. Ani ucieczka, ani walka, ani ukrywanie się.

Głęboki, męski chichot, który nie należał do Rileya, rozległ się złowieszczo w domku.

– Spokojnie – nakazał beznamiętny głos dziewczyny w pelerynie. Wyczułam w nim, że jest wampirem, a nie duchem czy inną zjawą. – Nie przyszliśmy was zniszczyć. Jeszcze nie. – Przez chwilę panowała cisza, potem dało się słyszeć delikatne ruchy. Zmieniali pozycje.

– Jeśli nie przyszliście nas zabić, to... po co? – spytała o n a, głosem spiętym i nieprzyjemnym.

– Chcemy zbadać wasze zamiary. Szczególnie te, które dotyczą pewnej... tutejszej rodziny – wyjaśniła dziewczyna w pelerynie. – Jesteśmy ciekawi, czy ma ona coś wspólnego z chaosem, który tu wywołaliście. Nielegalnie, podkreślam.

Oboje jednocześnie zrobiliśmy zdziwione miny. Nie rozumieliśmy nic z tego, co słyszeliśmy, ale ostatnie słowa były najdziwniejsze. Co mogło być nielegalne w świecie wampirów? Jaki gliniarz, jaki sędzia, jakie więzienie mogło nas powstrzymać?

– Tak – syknęła o n a. – Moje plany dotyczą wyłącznie tej rodziny. Ale jeszcze nie mogę ich wprowadzić w życie. To skomplikowane – mówiła z irytacją.

– Wierz mi, znamy te trudności lepiej niż ty. Niezwykłe, że udało wam się przez tak długi czas pozostawać w ukryciu. Wyjaśnij mi – w monotonnym głosie pojawiła się nutka zainteresowania – jak to robicie?

Nasza stwórczyni zawahała się, a potem zaczęła mówić bardzo szybko. Jakby nagle zaczęła się wstydzić.

– Nie podjęłam jeszcze decyzji – wyrzuciła z siebie. A potem już wolniej, ale z niechęcią, dodała: – O ataku. Nie zdecydowałam jeszcze, co z nimi zrobię.

– Nieokrzesani, ale skuteczni – stwierdziła nieznajoma. – Niestety, czas na zastanowienie się minął. Musisz zdecydować t e r a z, co zrobisz ze swoją małą armią. – Ja i Diego otworzyliśmy szeroko oczy. – Inaczej będziemy zmuszeni ukarać cię, jak nakazuje prawo. Jednak takie rozwiązanie, choć szybkie, nie zadowala mnie. Nie tak działamy. Sugeruję więc, żebyś dała nam wszystko, co możesz, i to szybko.

– Zaatakujemy od razu! – wyrwał się Riley, ale zaraz rozległo się karcące syknięcie.

– Zaatakujemy tak szybko, jak to będzie możliwe – poprawiła o n a. – Mam jeszcze wiele do zrobienia. Rozumiem, że chcielibyście, aby się nam udało? W takim razie muszę mieć trochę czasu, by ich wytrenować, poinstruować i nakarmić.

Cisza.

– Masz więc pięć dni. Potem po ciebie przyjdziemy. I nie ma skały, pod którą mogłabyś się ukryć, ani prędkości, z jaką byś nam uciekła. Odnajdziemy cię. Jeśli nie zaatakujesz przed naszym powrotem, spłoniesz.

W tych słowach nie było groźby, tylko absolutna pewność.

– A jeśli zaatakuję? – drżącym głosem spytała nasza stwórczyni.

– Wtedy zobaczymy – dziewczyna w pelerynie podsumowała głosem weselszym niż do tej pory. – Wiele zależy od tego, jak ci się powiedzie. Postaraj się nas zadowolić. – Ostatnią komendę wydała znów ostrym, stanowczym głosem, od którego moje ciało przeszedł dziwny dreszcz.

– Dobrze – warknęła o n a.

– Dobrze – powtórzył szeptem Riley.

Chwilę później wampiry w pelerynach bezgłośnie opuściły dom. Jeszcze pięć minut po ich zniknięciu baliśmy się choćby westchnąć. W domu nasza stwórczyni i Riley także milczeli. Kolejne dziesięć minut minęło w absolutnym bezruchu.

Dotknęłam ręki Diega. Teraz mieliśmy szansę uciec. W tej chwili zresztą już nie bałam się tak bardzo Rileya. Chciałam znaleźć się jak najdalej od postaci w ciemnych pelerynach. Wiedziałam, że bezpieczniej będzie w chacie, w grupie, i domyśliłam się, że tak samo uważa o n a. Dlatego właśnie stworzyła nas tak wielu. Ponieważ gdzieś istniały rzeczy dużo bardziej niebezpieczne, niż potrafiłam sobie wyobrazić.

Diego wciąż nasłuchiwał w bezruchu i chwilę później jego cierpliwość została nagrodzona.

– Cóż – wyszeptała o n a. – Teraz już wiedzą.

Mówiła o tych w pelerynach czy o tajemniczej rodzinie? I o którym wrogu wspomniała, zanim pojawili się nieproszeni goście?

– To nie ma znaczenia. Jesteśmy w przewadze...

– Każde ostrzeżenie jest ważne! – huknęła, przerywając Rileyowi. – Tyle mamy do zrobienia, a dali nam tylko pięć dni! – jęknęła. – Koniec z obijaniem się. Zaczniesz dzisiaj.

– Nie zawiodę cię – obiecał Riley.

Cholera! Diego i ja zerwaliśmy się jednocześnie i zaczęliśmy przeskakiwać z jednego drzewa na następne, śpiesznie wracając tam, skąd przyszliśmy. Riley także się śpieszył. Nagle zdaliśmy sobie sprawę, że Riley wyczuje na ścieżce trop Diega, ale go tam nie zastanie...

– Muszę wrócić i na niego poczekać – szepnął do mnie Diego. – Dobrze, że nie było nas widać z domu. Nie chcę, aby wiedział, co słyszałem.

– Powinniśmy razem z nim porozmawiać.

– Za późno. Zauważy, że twojego tropu nie było na ścieżce, i zacznie coś podejrzewać – wyjaśnił.

– Diego... – Nie miałam innego wyjścia, jak go posłuchać.

Wróciliśmy do miejsca, w którym się do mnie przyłączył. Powiedział pośpiesznie szeptem:

– Trzymaj się planu, Bree. Powiem Rileyowi to, co zamierzałem. Do świtu daleko, ale widać nie zostawiono nam wyboru. Jeśli mi nie uwierzy... – Diego wzruszył ramionami. – Ma teraz ważniejsze rzeczy na głowie niż ja i moja bujna wyobraźnia. Może będzie bardziej skłonny mnie wysłuchać, bo potrzebujemy wszelkiej pomocy, a możliwość poruszania się za dnia nie zaszkodzi.

– Diego... – powtórzyłam, nie wiedząc, co powiedzieć.

Spojrzał mi w oczy, a ja czekałam, aż jego usta ułożą się w ten ciepły uśmiech, aż zażartuje i powie coś o ninja albo o najlepszych przyjaciołach.

Nie zrobił tego. Pochylił się tylko powoli, ani na chwilę nie odrywając wzroku, i pocałował mnie. Jego gładkie usta przycisnęły się do moich na bardzo długi moment; nie przestawaliśmy na siebie patrzeć.

Potem wyprostował się i westchnął.

– Idź do domu, ukryj się za Fredem i udawaj, że nic nie wiesz. Będę tuż za tobą.

– Uważaj na siebie!

Ujęłam jego dłoń i mocno ją uścisnęłam. Riley mówił o nim z sympatią i miałam nadzieję, że jest ona prawdziwa. Nie pozostawało mi zresztą nic innego, jak uwierzyć w jego szczerość.

Diego zniknął między drzewami, bezszelestnie jak lekka bryza. Nie traciłam czasu. Ruszyłam przez las prosto do domu. Oby moje oczy były jeszcze dość jasne po wczorajszej nocy, żebym mogła jakoś wytłumaczyć swoje zniknięcie. Małe polowanie, udało mi się znaleźć samotnego turystę, nic nadzwyczajnego.

Gdy zbliżyłam się do domu, nie tylko usłyszałam dudniącą muzykę – poczułam też charakterystyczny, słodki swąd ciała płonącego wampira.

Ogarnęła mnie panika. Równie dobrze mogłam umrzeć tutaj, zamiast wchodzić do środka. Ale nie miałam wyboru. Nie zwolniłam więc, tylko zbiegłam po schodach i udałam się prosto do kąta, gdzie – choć ledwie widziałam – stał Straszny Fred. Szukał jakiegoś zajęcia? Zmęczył się siedzeniem? Nie miałam pojęcia, ale nic mnie to nie obchodziło. Miałam zamiar trzymać się Freda aż do powrotu Diega i Rileya.

Na środku podłogi leżał dymiący jeszcze stos, zbyt duży, by spłonęła w nim tylko ręka lub noga. No i jednego mniej.

Nikt nie wyglądał na specjalnie zmartwionego dymiącymi szczątkami. Zbyt często je widywaliśmy. Gdy zbliżyłam się do Freda, po raz pierwszy jego obrzydliwy zapach nie stał się silniejszy, a wręcz przeciwnie – osłabł. Zdawało się, że Fred mnie nie zauważył, dalej czytał trzymaną w ręku książkę. Jedną z tych, które zostawiłam mu kilka dni wcześniej. Z łatwością mogłam dostrzec, co czyta, bo podeszłam bardzo blisko, a on stał oparty o tył kanapy. Zawahałam się, próbując zrozumieć, o co chodzi. Czyżby mógł wyłączać ten smród, kiedy zechce? Czy w takim razie w tej chwili oboje byliśmy bezbronni? Na szczęście Raoul jeszcze nie wrócił do domu, choć był tu Kevin.

Po raz pierwszy naprawdę mogłam przyjrzeć się, jak wygląda Fred. Był wysoki, mierzył ponad metr osiemdziesiąt, miał gęste, kręcone jasne włosy, które dopiero ostatnio dostrzegłam, szerokie ramiona i umięśnione ciało. Wyglądał na starszego niż większość pozostałych, jakby był studentem, a nie uczniem. Na dodatek – co zaskoczyło mnie najbardziej – był przystojny. Tak przystojny jak wszyscy inni, może nawet bardziej niż wielu z nich. Nie wiem właściwie, czemu się tak zdziwiłam. Pewnie dlatego, że do tej pory kojarzył mi się wyłącznie z uczuciem obrzydzenia. .

Zrobiło mi się głupio, że tak się gapię. Rozejrzałam się nerwowo dokoła, by sprawdzić, czy jeszcze ktoś zauważył, że Fred w tej chwili jest normalny i ładnie wygląda. Ale nikt nie patrzył w naszą stronę. Zerknęłam na Kevina, gotowa odwrócić wzrok, gdyby mnie zauważył, ale on wpatrywał się w jakiś punkt z naszej lewej strony. Marszczył brwi w zamyśleniu. Zanim zdążyłam drgnąć, jego spojrzenie powędrowało dokładnie w moją stronę i zatrzymało się na prawo ode mnie. Wyraźnie się nad czymś zastanawiał. Jakby... Jakby próbował mnię zobaczyć, ale nie mógł.

Poczułam, jak kąciki ust wyginają mi się w radosnym uśmiechu. Miałam jednak zbyt wiele innych zmartwień, by cieszyć się ze ślepoty Kevina. Spojrzałam znów na Freda, ciekawa, czy obrzydliwy smród powróci, i zobaczyłam, że się do mnie uśmiecha. Z tym uśmiechem wyglądał jeszcze przystojniej.

Po krótkiej chwili Fred wrócił do czytania. Nie ruszałam się, czekając, aż coś się wydarzy. Aż Diego wejdzie do piwnicy, albo Riley i Diego, albo Raoul. Albo aż rozniesie się znowu znajomy smród i dostanę mdłości, albo Kevin mnie zauważy, albo wybuchnie kolejna walka. Cokolwiek.

Ale nic się nie wydarzyło, więc w końcu zebrałam siły i zrobiłam to, co powinnam była robić od początku – udawałam, że nie dzieje się nic niezwykłego. Wzięłam jedną z książek leżących koło nóg Freda, usiadłam tam, gdzie stałam, i zachowywałam się tak, jakbym z pasją czytała. Zapewne była to jedna z tych książek, które przeglądałam wczoraj, ale zupełnie jej nie rozpoznawałam. Przerzucałam kolejne kartki, jednak i tym razem nic do mnie nie docierało.

W głowie kłębiły mi się tysiące myśli. Gdzie jest Diego? Jak Riley zareagował na jego opowieść? Co oznaczały te rozmowy Rileya z n i ą – przed nadejściem wampirów w pelerynach i po ich wyjściu?

Analizowałam zdarzenia po kolei, próbując ułożyć wszystkie elementy w jakąś sensowną całość. Świat wampirów miał wyraźnie coś w rodzaju policji, diabelnie przerażającej zresztą. Nasza dzika grupa młodziutkich wampirów okazała się armią, którą stworzono nielegalnie. Nasza stwórczyni zaś miała wroga... Nie, wróć, dwóch wrogów. Za pięć dni mieliśmy zaatakować jednego z nich, a jeśli nie, to ci drudzy – koszmarne peleryny – obiecali zaatakować ją... Albo nas... Albo i ją, i nas. Trening do tej bitwy miał rozpocząć się zaraz po powrocie Rileya. Zerknęłam na drzwi, ale szybko zmusiłam się, by patrzeć z powrotem w książkę. I jeszcze to, co mówiła przed odwiedzinami nieznajomych. Martwiła się o jakąś decyzję. Cieszyła się, że ma tak wiele wampirów, tak wielu ż o ł n i e r z y.

A Riley ucieszył się, że Diego i ja przeżyliśmy... Obawiał się, że stracił kolejną dwójkę w słońcu, więc nie mógł wiedzieć, jak naprawdę wampiry reagują na światło. Tyle że j e j reakcja była dziwna. Zapytała, czy jest pewien... Pewien, że Diego przeżył, czy że... historia Diega jest prawdziwa?

Ta ostatnia myśl mnie przeraziła. Może o n a wie, że słońce nas nie rani? A skoro wie, to czemu okłamała Rileya, a pośrednio także i nas? Dlaczego chciała nas trzymać w ciemności – dosłownie i w przenośni? Dlaczego tak ważne było, żebyśmy nie poznali oprawdy? Aż tak ważne, żeby ściągnąć kłopoty na Diega? Nagle wpadłam w koszmarną panikę, zupełnie mnie zamurowało. Gdybym mogła się pocić, byłabym już całkiem mokra. Musiałam skupić się na czynności przewracania kartek, by nie podnieść przerażonego wzroku.

Czy Rileya także okłamywała, czy może był we wszystko wtajemniczony?

Gdy przyznał, że myślał, iż dwoje mu się spaliło w słońcu, to nie wiedział, że słońce nam nie szkodzi, czy udawał, że nie wie? Jeśli to drugie, to nasze odkrycie mogło nam przynieść zgubę. Mój umysł pracował jak szalony. Próbowałam uporządkować myśli, ale bez Diega było mi trudno. Potrzebowałam kogoś, z kim mogłabym pogadać, przedyskutować to wszystko, łatwiej byłoby mi wtedy się skoncentrować. A tak – do mojej głowy wkradł się strach, któremu niezmiennie towarzyszyło wszechobecne pragnienie. Żądza krwi zawsze brała górę. Nawet teraz, choć byłam przyzwoicie nakarmiona, czułam żar w gardle.

Myśl o niej, myśl o Rileyu, powtarzałam sobie. Musiałam zrozumieć, czemu kłamią – jeśli kłamią – by pojąć, co wynika z faktu odkrycia przez Diega ich tajemnicy. Gdyby nas nie okłamywali, gdyby od razu, na początku, powiedzieli nam, że dzień jest dla wampirów równie bezpieczny jak noc, co by to zmieniło? Próbowałam sobie wyobrazić, jak by to było, gdybyśmy nie musieli siedzieć zamknięci w tej koszmarnej piwnicy, gdyby cała grupa dwudziestu jeden wampirów (teraz już pewnie niekompletna, w zależności od tego, jak „dogadali się" polujący) mogła robić, co tylko by chciała i kiedy tylko by chciała.

Chcielibyśmy polować. To akurat jasne. Jeśli nie musielibyśmy wracać do domu, nie musielibyśmy się ukrywać... cóż, wielu z nas pewnie nie wracałoby zbyt regularnie. Trudno wysiedzieć w domu, gdy rządzi nami pragnienie. Ale Riley tak skutecznie wpoił nam strach przed spaleniem, przed tym, że znów poczujemy ten okropny ból, którego doświadczyliśmy w trakcie przemiany... Wyłącznie dlatego potrafiliśmy się zmusić do powrotu. Tylko instynkt samozachowawczy był silniejszy niż pragnienie. I on trzymał nas razem. Oczywiście, istniały też inne kryjówki niż dom, na przykład jaskinia Diega, ale tylko on jeden wpadł na podobny pomysł. Mieliśmy bazę, więc do niej wracaliśmy. Trzeźwość umysłu nie jest charakterystyczną cechą wampirów, zwłaszcza młodych. To Riley myślał racjonalnie, Diego także – bardziej niż ja. Wampiry w pelerynach były przerażająco inteligentne. Przeszył mnie dreszcz. A więc nie zawsze będą nami kierowały instynkty. Co się stanie, gdy podrośniemy, zaczniemy jaśniej myśleć? Zauważyłam, że nikt tutaj nie był starszy od Rileya. Wszyscy byliśmy nowi. O n a potrzebowała nas teraz, by pokonać tajemniczego wroga. Ale co potem?

Miałam przeczucie, że wolałabym się tego nie dowiedzieć. I nagle zrozumiałam coś absolutnie oczywistego. Przyszła mi do głowy myśl, która nie dawała mi spokoju już wcześniej, gdy tropiliśmy z Diegiem naszą grupę w poszukiwaniu obecnego domu. Nie chciałam tu być, nie chciałam zostawać tu ani jednej nocy dłużej. Zamarłam i znów zaczęłam się nad tym zastanawiać.

Jeśli Diego i ja nie domyślilibyśmy się, dokąd zmierza cała grupa, czy kiedykolwiek byśmy ich odnaleźli? Zapewne nie. A przecież była to dwudziestka wampirów zostawiających wyraźny trop. A jeśli byłby to jeden wampir, który poruszałby się i po ziemi, i po drzewach, a może i po wodzie, nie zostawiając śladu... Jeden, może dwa wampiry, wypływające w morze tak daleko, jak się da... Wychodzące na ląd dopiero w... Kanadzie, Kalifornii, Chile, Chinach... Nigdy nie udałoby się odnaleźć takich dwóch wampirów. Zniknęłyby, jakby rozpłynęły się w powietrzu. Nie musieliśmy wcale wracać do domu zeszłej nocy! Nie powinniśmy byli wracać! Czemu wtedy o tym nie pomyślałam?

Ale... czy Diego by się na to zgodził? Nagle przestałam być taka pewna siebie. Czy jednak Diego nie był bardziej lojalny wobec Rileya niż wobec mnie? Czy nie uznałby, że jego obowiązkiem jest stać przy boku Rileya? Znał go przecież dużo dłużej – ze mną przyjaźnił się od wczoraj. Czy Riley był mu bliższy niż ja? Rozmyślałam nad tym, marszcząc czoło.

Cóż, mogłabym się tego dowiedzieć, gdyby tylko udało nam się przez chwilę porozmawiać na osobności. Poza tym jeśli nasz tajny klub naprawdę był dla niego ważny, nie miało znaczenia, co zaplanowała dla nas o n a. Moglibyśmy zniknąć we dwójkę, a Riley albo musiałby poradzić sobie z dziewiętnastką wampirów, albo szybko stworzyć nowe. Tak czy owak, to nie byłby nasz problem. Nie mogłam się doczekać, aż zdradzę swój plan Diegowi. Instynkt podpowiadał mi, że zgodzi się ze mną. Taką przynajmniej miałam nadzieję.

Nagle wpadło mi do głowy coś jeszcze. Co naprawdę stało się z Shelly, Steve'em i innymi nowo narodzonymi, którzy zniknęli? Wiedziałam teraz, że na pewno nie spalili się w słońcu. Czy Riley twierdził, że widział ich prochy, tylko po to, żeby podporządkować sobie pozostałych? Abyśmy zawsze wracali do domu o świcie? Może Shelly i Steve po prostu odeszli z własnej woli? Ponieważ mieli dość Raoula. Dość wrogów i armii zagrażających ich najbliższej przyszłości. Może to właśnie miał na myśli Riley, mówiąc, że stracił ich w słońcu? Po prostu uciekli! I dlatego właśnie ucieszył się, że Diego nie zniknął, prawda?

Gdybyśmy tylko zdecydowali się nie wracać! Mogliśmy już być wolni, tak jak Shelly i Steve. Żadnych ograniczeń, żadnego strachu przed wschodem słońca!

Znów wyobraziłam sobie całą naszą hordę puszczoną bez kontroli i godziny policyjnej. Widziałam, jak razem z Diegiem poruszamy się w cieniu niczym wojownicy ninja. Ale widziałam także Raoula, Kevina i pozostałych, szalejących niczym świecące potwory w centrum zatłoczonego miasta, stosy ciał, bezradnych policjantów z bronią, która nie robi nam krzywdy, kamery, panikę rozprzestrzeniającą się w zastraszającym tempie, zdjęcia w gazetach na całym świecie, słyszałam krzyki i łoskot helikopterów. Wampiry nie mogą długo pozostać w ukryciu. Nawet Raoul nie potrafił zabijać ludzi tak niepostrzeżenie, by zachować to w sekrecie.

Wszystko to wydawało się całkiem logiczne i próbowałam poukładać sobie kolejne informacje, zanim znów coś mnie rozproszy. Po pierwsze: ludzie nie wiedzą o istnieniu wampirów. Po drugie: Riley zakazał nam się wychylać, zwracać na siebie uwagę ludzi czy uświadamiać ich co do naszego istnienia. Po trzecie: Diego i ja stwierdziliśmy, że najwyraźniej wszystkie wampiry zachowują się tak samo, skoro świat wciąż się o nas nie dowiedział. Po czwarte: zdecydowanie wszystko to ma jakąś przyczynę i z pewnością nie chodzi tu o strach przed policją. Tak, musi istnieć poważny powód, dla którego wszystkie wampiry tłoczą się całymi dniami w dusznych piwnicach. I widocznie jest on tak istotny, że Riley i nasza stwórczyni musieli kłamać, strasząc nas palącym słońcem. Może Riley zdradzi ten powód Diegowi, który jest odpowiedzialny i zajmuje ważne miejsce w naszej grupie. Diego obieca, że zachowa tę wiadomość w tajemnicy, i jakoś się dogadają. Na pewno. A co, jeśli Shelly i Steve odkryli, że w słońcu nie płoną, ale nie uciekli? Co, jeśli poszli z tym do Rileya?

Cholera, te pytania same się nasuwały. Co stało się z nimi potem? Znów zaczęłam bać się o Diega. Zorientowałam się, że straciłam poczucie czasu i zaczyna już świtać. Za godzinę powinno wzejść słońce. Ale gdzie był Diego? I Riley?

W tej samej chwili drzwi się otworzyły i wpadł Raoul ze swoimi kumplami, zaśmiewając się do rozpuku. Skuliłam się i zbliżyłam do Freda. Raoul nas nie zauważył. Spojrzał tylko na resztki usmażonego wampira leżące na środku podłogi i zaśmiał się jeszcze głośniej. Jego oczy miały barwę jaskrawej czerwieni.

Kiedy Raoul wychodził na polowanie, wracał do domu w ostatniej chwili. Pił tak długo, jak mógł. Widocznie świt był jeszcze bliżej, niż mi się zdawało.

Najpewniej Riley zażądał, by Diego udowodnił słuszność swoich słów. To było jedyne wytłumaczenie. Razem czekali na wschód słońca. Ale to oznaczałoby, że Riley nie znał prawdy, że o n a okłamywała także jego. Czy tak właśnie było? Moje myśli znów zaczęły szaleć.

Kilka minut później pojawiła się Kristie z trzema wampirami ze swojej grupy. Obojętnie spojrzała na stosik popiołów. Policzyłam wszystkich, gdy pozostali wrócili do piwnicy. Dwudziestka. Wszyscy oprócz Diega i Rileya. Słońce mogło wzejść w każdej chwili. Drzwi na górze skrzypnęły, gdy ktoś zaczął je otwierać. Zerwałam się na równe nogi. Do domu wszedł Riley. Zatrzasnął za sobą drzwi i zszedł po schodach.

Był sam.

Zanim zdążyłam to przetrawić, Riley wydał z siebie zwierzęcy ryk gniewu. Wpatrywał się w popioły na podłodze, a oczy aż wychodziły mu z orbit. Wszyscy zamarli bez słowa. Widzieliśmy już, jak Riley wpada we wściekłość, ale to było coś innego.

Odwrócił się na pięcie, wbił palce w wiszący obok dudniący głośnik, zerwał go ze ściany i rzucił przez cały pokój. Jen i Kristie odskoczyły, gdy kolumna wybuchła w drugim końcu piwnicy, wzbijając chmurę kurzu i tynku. Riley zmiażdżył stopą wieżę stereo i głuche dudnienie nagle ustało. Potem doskoczył do Raoula i złapał go za gardło.

– Nawet mnie tu nie było! – wrzasnął Raoul, przestraszony jak nigdy. – Nie mam pojęcia, co się stało!

Riley znów ryknął okropnie i rzucił Raoulem tak samo jak przedtem głośnikiem. Jen i Kristie znów uskoczyły na boki. Ciało Raoula walnęło o ścianę, robiąc w niej gigantyczną dziurę. Potem Riley złapał za ramię Kevina i zaczął wyrywać mu prawą rękę, czemu towarzyszył znajomy pisk. Kevin wrzasnął z bólu i próbował uwolnić się z uścisku napastnika. Riley kopnął go w bok. Usłyszeliśmy kolejny ryk i ręka oderwała się od ciała. Riley przełamał ją na pół i odrywając kolejne kawałki, zaczął rzucać nimi w przerażoną twarz Kevina – pac, pac, pac – słychać było kolejne uderzenia.

– Co z wami?! – wrzeszczał Riley. – Dlaczego wszyscy jesteście tacy durni? – Sięgnął ręką po znajomego blondynka, lecz chłopak wymknął mu się w ostatniej chwili. Niechcący znalazł się za blisko Freda i szybko przyczołgał się z powrotem do Rileya, tłumiąc odruch wymiotny. – Czy ktokolwiek tutaj ma rozum?

Riley rzucił młodego imieniem Dean prosto w zestaw do gier, niszcząc go zupełnie, a potem złapał dziewczynę, Sarę, oderwał jej lewe ucho i wyrwał garść włosów. Warknęła ze złości. Nagle stało się jasne, że Riley robi coś bardzo niebezpiecznego. Było nas tu zbyt wielu. Raoul podniósł się, a Kristie i Jen – z którymi zwykle się kłócił – osłaniały go z dwóch stron, gotowe go bronić. Inne wampiry zebrały się w grupkach w różnych miejscach piwnicy.

Nie byłam pewna, czy Riley zdał sobie sprawę z zagrożenia, czy po prostu jego atak dobiegł końca. W każdym razie wziął głęboki oddech, odrzucił Sarze jej ucho i włosy. Odsunęła się od niego, polizała rozdartą krawędź ucha, pokrywając ją jadem, i umieściła ucho z powrotem na swoim miejscu. Niestety, na wyrwane włosy nie było lekarstwa – do końca życia miały jej już nie odrosnąć.

– Posłuchajcie mnie – Riley mówił cicho, ale zdecydowanie. – Nasze życie zależy od tego, czy posłuchacie, co mam do powiedzenia, i czy z a - c z n i e c i e m y ś l e ć. Wszyscy zginiemy. Wszyscy zginiemy, wy i ja, jeśli przez kilka dni nie będziecie umieli choćby poudawać, że macie w głowach mózgi.

To już nie było zwykłe ostrzegawcze przemówienie i prośba o trzymanie nerwów na wodzy. Tym razem wszyscy uważnie go słuchali.

– Czas, byście dorośli i wzięli za siebie odpowiedzialność. Myślicie, że możecie tak żyć za darmo? Że cała ta krew, którą pijecie w Seattle, nie ma swojej ceny?

Małe grupy wampirów nie wyglądały już tak groźnie. Wszyscy patrzyli na Rileya szeroko otwartymi oczami, niektórzy tylko wymieniali zaciekawione spojrzenia. Kątem oka widziałam, że Fred odwraca głowę w moją stronę, ale nie spojrzałam na niego. Skupiałam się tylko na dwóch rzeczach: na Rileyu – na wszelki wypadek, gdyby znów zaczął atakować – oraz na drzwiach. Wciąż zamkniętych drzwiach.

– Teraz mnie słuchacie? Naprawdę uważnie?

– Riley urwał, ale wszyscy milczeli, nikt nawet nie pokiwał głową.

– Pozwólcie, że wyjaśnię wam niebezpieczną sytuację, w jakiej się znaleźliśmy. Spróbuję mówić prosto, aby zrozumieli mnie nawet ci, którzy myślą najwolniej. Raoul, Kristie, podejdźcie tutaj.

Wskazał na przywódców dwóch największych grup, którzy w tej chwili sprzymierzyli się przeciwko niemu. Żadne się nie poruszyło. Stali w obronnej pozycji, a Kristie odsłoniła zęby.

Czekałam, aż Riley zmięknie i ich przeprosi. Udobrucha, a potem przekona do tego, co chciał zrobić. Ale to był już inny Riley.

– Dobra! – warknął. – Jeśli mamy przeżyć, będziemy potrzebowali przywódców, ale najwyraźniej żadne z was nie podoła temu zadaniu. Myślałem, że macie talent, lecz widocznie się myliłem. Kevin, Jen, przyłączcie się do mnie, proszę, jako dowodzący tym zespołem.

Zdziwiony Kevin podniósł wzrok. Właśnie skończył przymocowywanie ręki do ciała. Choć widać było, że jest ostrożny, propozycja Rileya oczywiście mu pochlebiła. Powoli się podniósł. Jen spojrzała na Kristie, jakby czekała na pozwolenie. Raoul tylko zazgrzytał zębami.

Drzwi u szczytu schodów wciąż były zamknięte.

– Ty też nie dasz rady? – spytał Riley z irytacją.

Kevin zrobił krok w jego kierunku, ale wtedy Raoul przemierzył piwnicę dwoma długimi skokami i go dogonił. Bez słowa popchnął kumpla na ścianę i stanął z prawej strony Rileya. Ten pozwolił sobie na ledwie zauważalny uśmiech. Manipulacja może nie była zbyt subtelna, ale za to skuteczna.

– Kristie czy Jen? Która nas poprowadzi? – spytał Riley, a w jego głosie usłyszałam lekkie rozbawienie.

Jen wciąż czekała na jakiś znak od Kristie. Ta zaś przez chwilę patrzyła na nią, a potem odgarnęła z twarzy jasne włosy i sekundę później stała przy drugim boku Rileya.

– Zbyt długo się decydowaliście – oznajmił poważnym tonem Riley. – Nie mamy już tego luksusu, by się nie śpieszyć. Koniec z wygłupami. Do tej pory pozwalałem wam robić z grubsza wszystko, na co mieliście ochotę, ale od dzisiaj koniec z tym.

– Rozejrzał się po pokoju, patrząc wszystkim w oczy, jakby sprawdzał, czy słuchamy. Gdy odszukał mój wzrok, przez chwilę odwzajemniłam jego spojrzenie, a potem na powrót wbiłam oczy w drzwi. Opamiętałam się natychmiast, ale na szczęście Riley już sprawdzał następnych. Zastanawiałam się, czy zauważył, że tak naprawdę myślę o czymś innym. I czy w ogóle mnie widział, stojącą obok Freda?

— Mamy wroga — oznajmił Riley. Potem zamilkł na chwilę i widziałam, że jego słowa były sporym zaskoczeniem dla kilkunastu wampirów obecnych w piwnicy. Wrogiem był Raoul albo — jeśli trzymałeś z Raoulem — Kristie. Wróg był tutaj, bo cały nasz świat był tutaj. Nawet sama myśl, że istnieją jakieś siły potężniejsze od nas, wielu z nas wydała się zadziwiająca. Zresztą jeszcze poprzedniego dnia myślałabym tak samo.

— Kilkoro z was, tych bardziej inteligentnych, mogło się już domyślić, że skoro istniejemy my, istnieją także inne wampiry. Inne wampiry, które są starsze, mądrzejsze, bardziej utalentowane. Inne wampiry, które pragną naszej krwi!

Raoul syknął, a wraz z nim kilku jego popleczników.

— A jednak to prawda. — Riley prawdopodobnie chciał ich jeszcze podkręcić. — Kiedyś Seattle należało do nich, ale wynieśli się stąd dawno temu. Teraz się o nas dowiedzieli i poczuli zazdrość, że mamy dostęp do łatwej krwi. Wiedzą, że należy do nas, ale chcieliby ją odzyskać. Przyjdą po to, czego potrzebują. Wytropią nas jedno po drugim. Będą ucztować na naszych prochach!

— Nigdy — warknęła Kristie. Niektórzy z kompanów jej i Raoula zrobili to samo.

— Nie mamy wielkiego wyboru — oświadczył Riley. — Jeśli będziemy czekać, aż pojawią się tutaj, zdobędą nad nami przewagę. To jest ich teren. Nie chcą zmierzyć się z nami wszystkimi naraz, bo nas jest więcej i jesteśmy silniejsi. Chcą nas wyłapać pojedynczo, chcą wykorzystać naszą największą słabość. Jesteście dość zmyślni, by wiedzieć, co to jest? — Wskazał na prochy u swoich stóp, teraz wdeptane w dywan tak, że nie dało się rozpoznać, iż jeszcze niedawno był to wampir, i czekał.

Nikt się nie poruszył.

Riley warknął z irytacją:

— Brak jedności! — krzyknął. — Jedność tutaj nie istnieje! Jakie możemy stanowić zagrożenie, jeśli nie przestaniemy się nawzajem zabijać? — Kopnął stos popiołów, posyłając w górę mały czarny obłok. — Wyobrażacie sobie, jak się z nas śmieją? Z łatwością odbiorą nam miasto. Sądzą, że jesteśmy słabi i głupi. Myślą, że podamy im naszą krew na tacy.

Teraz już połowa wampirów warknęła w proteście.

— Umiecie działać razem czy wszyscy mamy umrzeć?

— Załatwimy ich, szefie! — ryknął Raoul.

Riley spojrzał na niego krzywo.

— Nie, jeśli nie nauczycie się nad sobą panować! Nie, jeśli nie nauczycie się działać wspólnie.

Każdy wampir, którego zniszczyliście – znów trącił stopą prochy – mógł być tym, który ocaliłby wam życie. Każdy wampir z naszego zgromadzenia, którego zabijacie, jest jak prezent dla naszego wroga. *Masz*, mówicie, *zabij mnie!*

Kristie i Raoul, i wszyscy pozostali spojrzeli na siebie tak, jakby widzieli się pierwszy raz w życiu. Znaliśmy słowo „zgromadzenie", ale żadne z nas nie używało go, mówiąc o tej grupie. A przecież byliśmy zgromadzeniem.

– Opowiem wam coś o naszych wrogach – ciągnął Riley. Wbiliśmy w niego wzrok. – Są dużo starszym zgromadzeniem niż my. Chodzą po ziemi od setek lat i nie przypadkiem przeżyli tak długi czas. Są zdolni, inteligentni i przyjdą odebrać nam Seattle. Będą bardzo pewni siebie – ponieważ słyszeli, że mają walczyć z bandą niezorganizowanych gnojków, którzy i tak odwalili już za nich połowę roboty!

Kolejne warknięcia, ale tym razem bardziej nieufne niż wściekłe. Kilku spokojniejszych wampirów, które Riley nazwałby oswojonymi, wyglądało na przestraszonych. To także zauważył i powiedział:

– Tak właśnie nas postrzegają, ale to tylko dlatego, że nie widzą nas razem. A razem możemy ich zniszczyć. Gdyby zobaczyli nas stojących ramię w ramię, walczących wspólnie, przeraziliby się. I tak właśnie się stanie. Bo nie będziemy czekać, aż przyjdą tutaj i zaczną nas po kolei zabijać. Zaskoczymy ich. Za cztery dni!

Cztery dni? Widocznie nasza stwórczyni nie chciała czekać do ostatniej chwili. Znów spojrzałam na zamknięte drzwi. Gdzie podziewał się Diego?

Jedni przyjęli tę zapowiedź ze zdumieniem, inni – z przestrachem.

– To ostatnie, czego się spodziewają – zapewnił Riley. – Wszystkich nas, razem, gotowych do walki. A najlepsze zachowałem na koniec. Jest ich tylko s i e d m i o r o.

Zapadła pełna niedowierzania cisza.

Pierwszy odezwał się Raoul:

– Co?!

Kristie wpatrywała się w Rileya kompletnie zaskoczona, a w piwnicy rozległy się zduszone szepty.

– Siedmioro?

– Żartujesz sobie?

– Hej! – warknął Riley. – Nie żartowałem, mówiąc, że ich zgromadzenie jest niebezpieczne. Są inteligentni i przebiegli. Podstępni. My będziemy mieli przewagę liczebną, ale oni są sprytniejsi. Jeśli będziemy chcieli ich przechytrzyć, przegramy. Ale jeśli zmusimy ich do walki na naszych warunkach... – Riley nie dokończył zdania, jedynie się uśmiechnął.

– Ruszajmy od razu – wyrwał się Raoul.

– Sprzątnijmy ich jak najszybciej – Kevin za-
rżał entuzjastycznie.

– Uspokójcie się, barany. Pośpiech w niczym
tu nie pomoże – uciszył ich Riley.

– Powiedz nam wszystko, co powinniśmy o nich
wiedzieć – zachęciła Kristie, rzucając Raoulowi
spojrzenie pełne wyższości.

Riley zawahał się, jakby zastanawiał się, co
może powiedzieć.

– No dobrze, od czego mam zacząć? Chyba
najważniejsze, co musicie wiedzieć, to to, że...
nie wiecie jeszcze wszystkiego o wampirach. Na
początku nie chciałem was tym przytłoczyć.

Kolejna chwila ciszy. Wszyscy wyglądali na
zdezorientowanych.

– Doświadczyliście już co nieco tego, co nazy-
wamy talentami. Mamy tu Freda.

Spojrzeliśmy na Freda – czy raczej próbowa-
liśmy. Z miny Rileya wywnioskowałam, że Fred
nie lubi być wyróżniany, i kiedy tylko został
wspomniany, podkręcił na maksa swój „talent".
Riley skrzywił się i odwrócił wzrok. Ja wciąż nic
nie czułam.

– Cóż, no tak, są pewne wampiry, które posia-
dają zdolności inne niż wielka siła i wyostrzone
zmysły. Zauważyliście to w... naszym zgromadzeniu. – Uważał, by znów nie wymówić imienia Freda. – Takie talenty są rzadkie, ma je może jeden na
pięćdziesiąt wampirów, ale każdy z nich jest inny.

Istnieją bowiem bardzo różne dary, a niektóre są silniejsze od innych.

Wśród wampirów rozległy się pomruki ciekawości – każdy zastanawiał się, jaki może mieć talent. Raoul szczerzył się, jakby już odkrył w sobie cudowne umiejętności. Ale mnie zdawało się, zapewne słusznie, że jedynym tutaj wyjątkowym wampirem był ten stojący tuż obok mnie.

– Słuchajcie mnie! – rozkazał Riley. – Nie opowiadam wam tego dla rozrywki.

– Ci z wrogiego zgromadzenia – wtrąciła się Kristie – mają te dodatkowe talenty, tak?

Riley kiwnął głową.

– Otóż to. Cieszę się, że ktoś tutaj ma choć odrobinę oleju w głowie.

Górna warga Raoula drgnęła, odsłaniając nieco zęby.

– Ich zgromadzenie jest wręcz niebezpiecznie utalentowane – mówił Riley, ściszając głos do scenicznego szeptu. – Jeden z nich czyta w myślach. – Spojrzał na nas, sprawdzając, czy rozumiemy istotę takiego daru. Dostrzegł jednak, że nie łapiemy, o co chodzi. – Myślcie! Będzie wiedział, co wam chodzi po głowach. Zanim zaatakujecie, on już odgadnie, jaki chcecie wykonać ruch. Pójdziecie w lewo, on już tam będzie czekał.

Gdy zaczęliśmy to sobie wyobrażać, ogarnęło nas nerwowe odrętwienie.

— Dlatego byliśmy tacy ostrożni — ja i ta, która was stworzyła.

Kristie odsunęła się od Rileya, gdy tylko wspomniał o niej. Raoul wyraźnie się zdenerwował. Wszyscy staliśmy w napięciu.

— Nie znacie jej imienia i nie wiecie, jak wygląda. To wszystkich nas chroni. Jeśli tamci natkną się na którąś z was osobno, nie będą wiedzieli, że jesteście związani z nią, i może puszczą was wolno. Lecz jeśli odkryją, że należycie do naszego zgromadzenia, zgładzą was bez wahania.

Coś mi tu nie grało. Czy nie chodziło jednak o to, że cała tajemnica chroniła bardziej ją niż nas? Ale Riley pośpiesznie mówił dalej, nie zostawiając nam czasu do namysłu.

— Oczywiście, teraz to nie ma znaczenia, skoro i tak postanowili zaatakować w Seattle. Zaskoczymy ich, kiedy będą tu zmierzali, i unicestwimy — tu przerwał i gwizdnął przeciągle. — I już. A wtedy nie tylko to miasto będzie należeć do nas, ale też inne zgromadzenia dowiedzą się, że nie można z nami zadzierać. Już nie będziemy musieli być tak ostrożni i wciąż zacierać śladów. Dostaniecie tyle krwi, ile tylko zechcecie, wszyscy. Polowania każdego wieczoru! Przeprowadzimy się do miasta i będziemy nim władać!

Warknięcia i okrzyki były jak aplauz. Wszystkie wampiry głośno dawały wyraz swemu poparciu dla Rileya. Oprócz mnie. Nie drgnęłam, nie wydałam z siebie żadnego dźwięku. Podobnie jak Fred, ale akurat jego myśli nikt nie odgadnie. Nie wsparłam Rileya, bo jego obietnice brzmiały nieszczerze. Albo całe moje rozumowanie było błędne. Riley powiedział, że tylko ci wrogowie powstrzymują nas przed nieograniczonym polowaniem. Ale to nie pasowało do faktu, że wampiry muszą wciąż działać dyskretnie, bo inaczej ludzie dowiedzieliby się o nich już dawno temu. Nie potrafiłam skupić się na tyle, by zrozumieć z tego coś więcej, zwłaszcza że drzwi u szczytu schodów wciąż się nie otworzyły.

Diego...

– Jednak musimy to zrobić razem. Dziś pokażę wam pewne pożyteczne techniki. Techniki walki. To bowiem coś więcej niż tarzanie się po podłodze jak banda dzieciaków. Kiedy się ściemni, wyjdziemy na zewnątrz i będziemy ćwiczyć. Chcę, byście ciężko pracowali i pamiętali o celu. Nie zgadzam się, aby to zgromadzenie straciło kolejnego członka! Potrzebujemy siebie nawzajem – wszyscy. Nie będę też tolerował głupoty. Jeśli zdaje się wam, że nie musicie mnie słuchać, to się mylicie. – Zamilkł na chwilę, przybierając inny wyraz twarzy. – A dowiecie się, jak bardzo się mylicie, kiedy zabiorę was do n i e j... – przeszedł mnie dreszcz, jak zapewne wielu innych, sądząc po ich twarzach – ...i będę was trzymać, kiedy o n a zacznie odrywać wam nogi, a potem powoli, powolutku spali wasze palce, uszy, wargi, język i wszystkie pozostałe zbędne członki... jeden po drugim.

Wszyscy straciliśmy już kiedyś przynajmniej jedną kończynę, no i płonęliśmy, gdy przeobrażaliśmy się w wampiry, więc z łatwością potrafiliśmy sobie wyobrazić, co to za ból. Ale to nie groźba była w tamtej chwili najbardziej przerażająca. Większe wrażenie zrobiła na nas twarz Rileya, kiedy nam groził: nie była skrzywiona z wściekłości, tak jak zwykle, gdy nas karcił; pozostała spokojna, zimna, gładka i piękna. Tylko usta wygięły się w nieznacznym uśmiechu. Nagle odniosłam wrażenie, że to jakiś nowy Riley. Coś się w nim zmieniło, zahartowało go, ale nie miałam pojęcia, co takiego mogło się stać w jedną noc – co wywołało ten okrutny, idealny uśmieszek.

Odwróciłam wzrok i zadrżałam, gdy zobaczyłam wyraz twarzy Raoula. Uśmiechał się, naśladując Rileya, a ja prawie widziałam, jak w jego głowie obracają się trybiki. Już wiedział, że w przyszłości nie będzie tak szybko zabijał swych ofiar.

– A teraz stwórzmy zespoły, żeby pracować w mniejszych grupach – polecił Riley z normalną już miną. – Kristie, Raoul, zbierzcie swoje dzieciaki, a potem równo podzielcie resztę. Żadnej bijatyki! Udowodnijcie, że potraficie to zrobić jak należy. Wykażcie się.

Zostawił ich na środku piwnicy i nie zwracał już uwagi na to, że natychmiast zaczęli się kłócić.

Podchodził do kolejnych wampirów i dotykał ich ramion, popychając w stronę nowych liderów. Nie zorientowałam się, że Riley, krążąc po całej piwnicy, zmierza tak naprawdę w moją stronę.

– Bree – odezwał się, patrząc w miejsce, gdzie stałam. Zdawało mi się, że sprawia mu to trudność. Stałam nieruchoma jak słup soli, ale pewnie wyczuł mój trop. Już nie żyłam. – Bree? – powtórzył, tym razem milszym głosem. Przypominał mi dawnego Rileya, z dnia, w którym się poznaliśmy, gdy jeszcze był dla mnie dobry. Po chwili dodał ciszej: – Obiecałem Diegowi, że przekażę ci wiadomość. Kazał mi powiedzieć, że to sprawa wojowników ninja. Rozumiesz coś z tego? – Wciąż z jakiegoś powodu nie mógł mnie zobaczyć, ale był już bardzo blisko.

– Diegowi? – wymamrotałam.

Nie mogłam się powstrzymać. Riley uśmiechnął się lekko.

– Możemy porozmawiać? – Wskazał głową drzwi wyjściowe. – Sprawdziłem wszystkie okna na górze. Parter jest absolutnie ciemny i bezpieczny.

Wiedziałam, że jeśli oddalę się od Freda, nie będę już bezpieczna, ale musiałam usłyszeć, co Diego chciał mi przekazać. Co się stało? Powinnam była z nim zostać i spotkać się z Rileyem.

Szłam przez piwnicę, nie podnosząc głowy. Riley wydał Raoulowi kilka poleceń, skinął głową

Kristie i ruszył schodami na górę. Kątem oka widziałam, że kilkoro wampirów patrzy z ciekawością w naszym kierunku.

Riley otworzył drzwi; kuchnia – jak obiecał – była pogrążona w całkowitych ciemnościach. Gestem polecił mi iść za sobą i poprowadził mnie przez ciemny korytarz. Minęliśmy otwarte drzwi do kilku sypialni, a potem kolejne, zaryglowane. W końcu dotarliśmy do garażu.

– Jesteś odważna – ocenił Riley niskim głosem.

– Albo bardzo ufna. Myślałem, że będę musiał dłużej cię przekonywać, abyś weszła ze mną na górę w biały dzień.

Do diabła! Powinnam była dłużej zwlekać. Ale już za późno. Wzruszyłam jedynie ramionami.

– A więc ty i Diego jesteście ze sobą blisko? – spytał Riley szeptem. Może gdyby w piwnicy panowała cisza, ktoś by go usłyszał, ale w tej chwili było tam dość głośno.

Znów wzruszyłam ramionami.

– Uratował mi życie – wyszeptałam.

Podniósł brodę, ale tylko nieznacznie, jakby chciał przytaknąć. Czy uwierzył? Czy myślał, że wciąż boję się światła?

– Jest najlepszy – oświadczył Riley. – Najmądrzejszy nowo narodzony, jakiego mam.

Skinęłam głową.

– Mieliśmy małe spotkanie w sprawie całej tej sytuacji. Uzgodniliśmy, że potrzebujemy obserwatora. Zbyt niebezpiecznie jest działać na ślepo. A tylko Diegowi mogę ufać na tyle, aby zlecić mu rozpoznanie. – Westchnął głośno, prawie ze złością. – Szkoda, że nie mam takich dwóch! Raoul jest zbyt wybuchowy, a Kristie zbyt zajęta sobą, żeby mieć dobry ogląd sytuacji. Niestety, lepszych od nich nie mam, muszę sobie jakoś radzić. Diego mówił, że ty też jesteś zmyślna.

Czekałam, nie wiedząc, co Diego powiedział Rileyowi.

– Chcę, żebyś mi pomogła z Fredem. Ten chłopak jest naprawdę mocny. Nie mogłem nawet na niego dzisiaj spojrzeć.

Znów ostrożnie przytaknęłam.

– Wyobraź sobie, co by było, gdyby nasi wrogowie nie mogli nas zobaczyć. Tak łatwo by nam z nimi poszło!

Obawiałam się, że Fred nie pochwaliłby tego pomysłu, ale może nie miałam racji. Zdawał się w ogóle nie przejmować naszym zgromadzeniem. Czemu więc miałby chcieć nas ocalić? Zachowałam te myśli dla siebie.

– Spędzasz z nim dużo czasu.

Kolejne wzruszenie ramion.

– Nikt się mnie przy nim nie czepia, ale to niełatwe.

Riley wydął wargi i pokiwał głową.

– Zmyślna, tak jak mówił Diego.

– Gdzie on jest?

Nie powinnam była o to pytać. Słowa same wyrwały mi się z ust. Czekałam nerwowo na odpowiedź, usiłowałam wyglądać na obojętną, ale kiepsko mi szło.

– Nie możemy tracić czasu. Wysłałem go na południe, gdy tylko dowiedziałem się, co jest grane. Jeśli nasi wrogowie zdecydują się zaatakować wcześniej, ktoś musi nas zawczasu ostrzec. Diego dołączy do nas, gdy wyjdziemy im na spotkanie.

Próbowałam sobie wyobrazić, gdzie jest teraz Diego. Chciałabym być z nim. Może udałoby mi się go przekonać, aby zostawił Rileya i nie ryzykował. A może nie. Wychodziło na to, że tych dwóch rzeczywiście jest ze sobą blisko, tak jak się obawiałam.

– Diego prosił, bym ci coś przekazał.

Natychmiast podniosłam wzrok. Zbyt szybko i zbyt chętnie. Znów się sypnęłam.

– Dla mnie to nie miało sensu. Powiedział: „Powiedz Bree, że wymyśliłem już to tajne hasło. Podam je za cztery dni, kiedy się spotkamy". Rozumiesz coś z tego?

Próbowałam zachować niewzruszoną minę.

– Niewiele. Wspomniał coś, że musimy wymyślić tajne hasło do jego podwodnej jaskini. Ale chyba tylko żartował. Nie całkiem rozumiem, o co chodzi.

Riley zachichotał.

– Biedny Diego.

– Co?

– Wygląda na to, że ten chłopak lubi cię dużo bardziej niż ty jego.

– Och. – Zażenowana odwróciłam wzrok. Czy Diego chciał mi przekazać tę wiadomość, by dać mi znać, że mogę ufać Rileyowi? Ale przecież nie powiedział mu tego, czego dowiedzieliśmy się o słońcu. Z drugiej strony ufał mu na tyle, by pokazać, że mu na mnie zależy. Pomyślałam, że mądrzej jednak będzie trzymać gębę na kłódkę. Zbyt wiele się ostatnio zmieniło.

– Nie skreślaj go, Bree. Diego jest najlepszy, mówiłem ci. Daj mu szansę.

Riley udzielał mi porad sercowych? Dziwniej już być nie mogło. Skinęłam głową i wymamrotałam:

– Jasne.

– Spróbuj, może uda ci się porozmawiać z Fredem. Upewnić się, że jest z nami.

Wzruszyłam ramionami.

– Zrobię, co się da.

Riley uśmiechnął się.

– Świetnie. Zanim wyruszymy, wezmę cię na bok i powiesz mi, jak poszło. Zrobię to dyskretnie, nie tak jak dzisiaj. Nie chcę, by Fred pomyślał, że go szpieguję.

– Jasne.

Riley gestem wskazał mi, bym szła za nim, i wróciliśmy do piwnicy.

Trening miał trwać cały dzień. Postanowiłam nie brać w nim udziału. Kiedy Riley wrócił do swoich przywódców, ja zajęłam miejsce koło Freda. Pozostali zostali podzieleni na cztery czteroosobowe grupy kierowane przez Raoula i Kristie. Żadne z nich nie wybrało Freda. Może po prostu ich zignorował albo w ogóle nie dostrzegli, że wciąż tam jest. Ale ja go widziałam, według mnie dość mocno się wyróżniał – jedyny, który nie uczestniczył w treningu, niczym wielki blond słoń w małej piwnicy.

Nie chciałam zapisywać się ani do grupy Raoula, ani do grupy Kristie, więc trzymałam się z boku. Zresztą po raz kolejny okazało się, że gdy siedzę z Fredem, jestem niedostrzegalna. Dzięki jego umiejętnościom czułam się w miarę bezpiecznie, ale najchętniej stałabym się niewidzialna nawet dla samej siebie, wtedy może bym uwierzyła, że mogę być spokojna. Tymczasem jednak nikt na nas nie patrzył i po chwili prawie udało mi się zrelaksować.

Uważnie przyglądałam się treningowi. Chciałam wszystko wiedzieć, na wszelki wypadek. Nie zamierzałam walczyć; zamierzałam znaleźć Diega i stąd zwiać. Ale co, jeśli Diego będzie chciał walczyć? Albo jeśli będziemy musieli walczyć, żeby uciec od pozostałych? Lepiej było uważać.

Tylko raz ktoś spytał o Diega. Kevin, ale zdawało mi się, że to Raoul go podpuścił.

– I co, Diego w końcu się usmażył? – zapytał, udając żartobliwy ton.

– Diego jest z n i ą – odparł Riley i nikt nie musiał się domyślać, o kogo chodzi. – Obserwacja.

Kilka osób aż się wzdrygnęło, ale nikt już nie powiedział nic więcej.

Czy naprawdę był z n i ą? Dreszcz przeszedł mnie na samą myśl o tym. A może Riley powiedział tak, by przestali go wypytywać? Najprawdopodobniej nie chciał, żeby Raoula ogarnęły zazdrość i poczucie odrzucenia teraz, kiedy Riley potrzebował go w bojowym nastroju. Nie byłam pewna, ale nie miałam też zamiaru o nic pytać. Siedziałam cicho jak zwykle i obserwowałam trening. Okazało się, że będę go oglądać do znudzenia, coraz bardziej spragniona. Riley bowiem nie dał swojej armii odpocząć przez trzy dni i dwie noce. Niestety, w ciągu dnia trudno było trzymać się z dala od grupy, bo wszyscy cisnęliśmy się w piwnicy. Z jednego względu było to wygodniejsze dla Rileya: w pomieszczeniu udawało mu się zwykle przerwać walkę, gdy stawała się nieczysta. Za to na zewnątrz wampiry miały zdecydowanie więcej miejsca, by tłuc się na całego, więc Riley nieustannie był zajęty łapaniem kolejnych oderwanych kończyn i odnoszeniem ich do prawowitych właścicieli. Trzymał nerwy na wodzy i tym razem był dość sprytny, by w porę odebrać wszystkim zapalniczki.

Pierwszego dnia ćwiczeń byłam gotowa się założyć, że trening wymknie się spod kontroli i stracimy przynajmniej kilku członków zgromadzenia, skoro Raoul i Kristie musieli spędzać ze sobą całe dnie i noce – ale Riley kontrolował ich lepiej, niż przypuszczałam.

Podczas treningu wciąż robili to samo. Zauważyłam, że Riley powtarza dokładnie te same rozkazy i ostrzeżenia, raz po raz.

Pracujcie razem, nie dajcie się zaskoczyć, nie wchodź z nią w bezpośrednie starcie; pracujcie razem, nie dajcie się zaskoczyć, nie wchodź z nim w bezpośrednie starcie; pracujcie razem, nie dajcie się zaskoczyć, nie wchodź z nią w bezpośrednie starcie. To stawało się naprawdę bezsensowne i czyniło z członków naszej grupy wyjątkowych idiotów. Ale pewnie i ja zachowywałabym się równie głupio, gdybym musiała walczyć z nimi, zamiast spokojnie przyglądać się wszystkiemu z boku – wraz z Fredem.

Przypominało to trochę sposób, w jaki Riley wzbudził w nas lęk przed słońcem. Bezustanne powtarzanie. Już pierwszego dnia trening stał się tak nudny, że po dziesięciu godzinach oglądania go Fred skombinował karty i zaczął układać pasjansa. Nawet to było ciekawsze niż oglądanie raz po raz tych samych błędów, więc zaczęłam przyglądać się Fredowi i jego kartom.

Po następnych dwunastu godzinach – gdy znów byliśmy w piwnicy – trąciłam Freda, by pokazać mu czerwoną piątkę, którą mógł przełożyć. Skinął głową i zrobił, co radziłam. Potem potasował karty, rozdał je do remika i zagraliśmy. Nie rozmawialiśmy, ale Fred kilka razy się uśmiechnął. Nikt z pozostałych nie patrzył w naszą stronę ani nie próbował się dołączyć.

Nie było też przerw na polowania, a w miarę upływu czasu pragnienie stawało się coraz trudniejsze do opanowania. Bójki wybuchały coraz częściej i z coraz błahszych powodów. Rozkazy Rileya stały się ostrzejsze; sam nawet oderwał ręce dwóm wampirom. Ze wszystkich sił próbowałam zapomnieć o palącym gardle – w końcu Riley też musiał być już spragniony, więc szkolenie powinno wreszcie się skończyć – ale i tak mogłam myśleć wyłącznie o krwi. Fred również wyglądał na spiętego.

Trzeciego wieczoru – został nam jeden dzień, a kiedy przypominałam sobie, że zegar tyka, włosy stawały mi dęba – Riley przerwał wszystkie treningowe walki.

– Stańcie wkoło, dzieciaki – powiedział i wszyscy ustawili się w półkolu, twarzą do niego.

Poprzednie układy nie zmieniły się w trakcie treningu i sojusze nie wygasły, więc widać było podział na grupy. Fred wstał i schował karty do tylnej kieszeni. Trzymałam się wciąż u jego boku, licząc, że odstręczająca aura mnie ochroni.

– Dobrze się spisaliście – ciągnął Riley. – Dzisiaj dostaniecie nagrodę. Napijcie się do syta, ponieważ jutro będziecie chcieli mieć dużo siły.

Z wszystkich ust dobyło się westchnienie ulgi.

– Nie bez powodu mówię, że będziecie „chcieli", a nie „potrzebowali" – kontynuował. – Wy już i tak macie tę siłę. Zachowywaliście się rozsądnie i ciężko pracowaliście. Nasi wrogowie nawet nie zorientują się, kto ich zaatakował!

Kristie i Raoul warknęli, a ich poplecznicy natychmiast zrobili to samo. Zdziwiłam się, patrząc na nich, bo całe zgromadzenie w tamtej chwili rzeczywiście wyglądało jak mała armia. Może nie maszerowali w szyku, ale ta jednogłośna odpowiedź miała w sobie coś z wojskowej dyscypliny. Jakby byli częściami jednego wielkiego organizmu. Tylko ja i Fred stanowiliśmy wyjątek, ale miałam wrażenie, że w całym zgromadzeniu jedynie Riley pamięta o naszym istnieniu – co jakiś czas jego oczy przeszywały miejsce, w którym staliśmy, jakby Riley chciał sprawdzić, czy wciąż wyczuwa talent Freda. I nie przeszkadzało mu, że nie dołączamy do grupy. Przynajmniej na razie.

– Szefie, masz na myśli jutrzejszy wieczór? – spytał Raoul.

– Tak – odparł Riley z tajemniczym uśmiechem.

Chyba nikt nie zwrócił uwagi na ten uśmiech – z wyjątkiem Freda. Spojrzał na mnie i pytająco uniósł brew. Wzruszyłam ramionami.

– Jesteście gotowi na swoją nagrodę? – zapytał Riley.

Jego mała armia zawyła w odpowiedzi.

– Dzisiaj zobaczycie, jak będzie wyglądał nasz świat, gdy pozbędziemy się konkurencji. Chodźcie za mną!

Riley wyszedł z domu, a zaraz za nim podążyli Raoul i jego grupa. Zwolennicy Kristie zaczęli się przepychać i ze wszystkich sił próbowali ich wyprzedzić.

– Nie każcie mi zmieniać zdania! – wrzasnął Riley zza najbliższych drzew. – Możecie nawet oszaleć z pragnienia, nic mnie to nie obchodzi!

Kristie wydała rozkaz i jej poddani posłusznie przepuścili grupę Raoula. Fred i ja poczekaliśmy, aż wszyscy znikną nam z oczu. Wtedy Fred gestem pokazał mi, że mam biec przodem. I nie chodziło o to, że bał się mnie mieć za plecami; po prostu chciał być grzeczny. Pędem ruszyłam za pozostałymi.

Byli już daleko, ale z łatwością znalazłam ich trop. Fred i ja biegliśmy razem, milcząc. Zastanawiałam się, co myśli. Może tylko był spragniony – pewnie gardło paliło go tak samo jak mnie.

Dogoniliśmy resztę po jakichś pięciu minutach, ale zostaliśmy z tyłu. Wampirza armia poruszała się w zdumiewającej ciszy. Byli skoncentrowani, a co więcej... zdyscyplinowani. Zaczęłam nawet żałować, że Riley wcześniej nie rozpoczął treningu. Zdecydowanie łatwiej byłoby polować z tak wytrenowanymi wampirami.

Przekroczyliśmy pustą dwupasmową autostradę, potem przebiegliśmy nieduży las i dotarliśmy do plaży. Powierzchnia wody była gładka, a że szliśmy cały czas na północ, musieliśmy dojść nad cieśninę. Nie mijaliśmy po drodze żadnych domów; byłam przekonana, że to nie przypadek. Byliśmy tak spragnieni i zdenerwowani, że niewiele brakowało, byśmy z małej, posłusznej armii zmienili się we wrzeszczącą, wygłodniałą hordę.

Nigdy dotąd nie polowaliśmy tak liczną grupą i uważałam, że to bardzo zły pomysł. Pamiętałam, jak Kevin i jego blondasek walczyli o pasażerkę samochodu tamtej nocy, kiedy po raz pierwszy rozmawiałam z Diegiem. Lepiej, żeby Riley miał dla nas bardzo dużo ciał, bo inaczej wampiry zaczną rozrywać siebie nawzajem, byle tylko zdobyć więcej krwi.

Riley zatrzymał się nad brzegiem oceanu.

— Nie powstrzymujcie się — powiedział. — Chcę, abyście byli mocni i syci, w pełni sił. A teraz... zabawmy się!

Zanurkował gładko, a inni, warcząc z podekscytowania, poszli w jego ślady. Fred i ja musieliśmy tym razem trzymać się bliżej grupy, bo pod wodą nie da się zwietrzyć tropu, ale czułam, że mój „ochroniarz" się waha – był gotów wiać, gdyby okazało się, że czeka nas coś więcej niż wielka wyżerka. Chyba, podobnie jak ja, nie ufał już Rileyowi tak ślepo.

Nie płynęliśmy zbyt długo, niebawem zobaczyliśmy, że wszyscy zaczynają się wynurzać. Fred i ja jako ostatni wyszliśmy na brzeg. Riley zaczął mówić, gdy tylko zobaczył nasze głowy nad powierzchnią – wyglądało na to, że na nas czekał. Najprawdopodobniej lepiej niż inni potrafił wyczuć obecność Freda.

– Oto jest – rzekł, wskazując ręką ogromny prom kierujący się na południe, zapewne w ostatnim tego wieczoru rejsie z Kanady. – Dajcie mi minutę. Kiedy zgaśnie prąd, cały statek należy do was!

Rozległ się radosny pomruk. Ktoś nawet zachichotał. Riley zniknął, a chwilę później zobaczyliśmy, jak ląduje na burcie wielkiego statku. Ruszył prosto do stacji energetycznej, mieszczącej się w wieży na górnym pokładzie. Najpierw musiał wyłączyć radio. Oczywiście, powtarzał nam, że należy zachować ostrożność z powodu naszych wrogów, ale wiedziałam, że chodzi o coś więcej. Pasażerowie i załoga nie mogli się dowiedzieć o wampirach – przynajmniej nie w najbliższym czasie. Tak długo, abyśmy mieli czas ich zabić.

Riley kopnięciem rozwalił wielkie okno z grubego szkła i zniknął w wieży. Pięć sekund później zgasły wszystkie światła. Zauważyłam, że nie ma z nami Raoula. Widocznie zanurzył się wcześniej, abyśmy nie usłyszeli, jak płynie za Rileyem. Wszyscy razem popłynęliśmy teraz za nimi, a woda zagotowała się, jakby kłębiła się w niej ławica wielkich barakud.

Fred i ja płynęliśmy spokojniej niż inni. Czułam się trochę dziwnie, jakbyśmy byli starym małżeństwem. Nie rozmawialiśmy ze sobą, ale robiliśmy te same rzeczy dokładnie w tym samym momencie. Dotarliśmy do promu jakieś trzy sekundy po pozostałych, a w powietrzu już unosił się jazgot i czuć było zapach ciepłej krwi. Zdałam sobie sprawę, jak bardzo jestem spragniona, i to ostatnia rzecz, którą zarejestrował mój umysł, zanim całkowicie się wyłączył. Odczuwałam już tylko palący ból w gardle i aromat pysznej krwi, której było tu pełno, a która miała ten ogień ugasić.

Gdy już było po wszystkim i na promie nie pozostało ani jedno bijące serce, nie wiedziałam nawet, ilu ludzi sama zabiłam. Było ich przynajmniej trzy razy więcej niż podczas wszystkich moich wypraw na polowanie. Z przejęcia niemal dostałam wypieków. Piłam bowiem jeszcze długo po tym, jak żar w gardle zelżał – piłam dla samej przyjemności rozkoszowania się smakiem krwi. U większości ofiar była ona czysta i smakowita – pasażerowie z pewnością nie zaliczali się do społecznych wyrzutków. Nie hamowałam się, ale i tak miałam chyba najmniej zdobyczy ze wszystkich. Raoul stał przy stosie tylu ciał, że tworzyły wręcz niewielką górę. Usiadł na jej szczycie i śmiał się głośno. Nie tylko on zresztą. Zewsząd dobiegały dźwięki wydawane przez zadowolone wampiry. Słyszałam, jak Kristie mówi:

– To było cudowne! Na cześć Rileya hip, hip, hurra!

Niektórzy z jej bandy wznieśli od razu gorliwe okrzyki niczym horda szczęśliwych pijaczków.

Jen i Kevin wpadli na pokład widokowy, cali ociekający wodą.

– Wyłapaliśmy wszystkich, szefie! – zawołała Jen do Rileya.

Widocznie niektórzy pasażerowie skoczyli do wody, by się ratować.

Rozejrzałam się, szukając Freda. Znalazłam go dopiero po chwili (kiedy zdałam sobie sprawę, że nie potrafię spojrzeć wprost na tylną część promu, gdzie stały automaty z napojami) i od razu skierowałam się w jego stronę. Na początku zdawało mi się, że to kołysanie promu przyprawia mnie o mdłości, ale gdy podeszłam do automatów, nieprzyjemne uczucie zelżało i dostrzegłam stojącego przy oknie Freda. Uśmiechnął się do mnie przelotnie, a potem spojrzał mi przez ramię. Zrozumiałam, że obserwuje Rileya. I chyba robił to już od jakiegoś czasu.

– Dobra – odezwał się Riley. – Posmakowaliście nowego, słodkiego życia, ale teraz jest zadanie do wykonania!

Wszyscy zaryczeli z entuzjazmem.

– Mam wam do powiedzenia trzy rzeczy, a z jedną z nich wiąże się jeszcze coś na deser, więc szybko zatopmy tę łajbę i wracajmy do domu.

Na zmianę śmiejąc się i warcząc, wampirza armia zaczęła rozwalać prom. Fred i ja obserwowaliśmy tę demolkę z pewnej odległości. Niewiele było trzeba, by statek przełamał się na pół z wielkim zgrzytem pękającego metalu. Najpierw zatonęła jego środkowa część; zarówno dziób, jak i rufa obróciły się w stronę nieba. Tonęły po kolei, wpierw rufa, a kilka sekund później dziób. Ławica barakud ruszyła w naszym kierunku i razem zaczęliśmy płynąć do brzegu.

Dobiegliśmy do domu niemal jednocześnie z pozostałymi, choć w bezpiecznej od nich odległości. Po drodze Fred kilkakrotnie spojrzał na mnie, jakby chciał coś powiedzieć, ale najwidoczniej za każdym razem zmieniał zdanie, gdyż nie odezwał się ani słowem.

Po powrocie Riley musiał opanować świąteczny nastrój i sprawić, by wszyscy w końcu spoważnieli. Po raz pierwszy nie trzeba było przerywać walki, lecz tonować zbyt dobry humor. Jeśli – jak mi się zdawało – obietnice Rileya były fałszywe, to narażał się na spore kłopoty. Teraz, kiedy pozwoliło się wampirom ucztować, żaden z nich nie miał zamiaru zbyt łatwo poddać się jakimkolwiek ograniczeniom. Ale tamtego wieczoru Riley był jeszcze bohaterem.

W końcu – chwilę po wschodzie słońca – wszyscy ucichli, gotowi go wysłuchać. Sądząc z wyrazu ich twarzy, byli skłonni zgodzić się ze wszystkim, co usłyszą. Riley stanął w połowie schodów z bardzo poważną miną.

– A więc trzy sprawy – zaczął. – Po pierwsze, musimy być pewni, że atakujemy właściwe zgromadzenie. Jeśli przypadkiem natkniemy się na inny klan i go załatwimy, zaszkodzi to naszym planom. Chcemy, by nasi wrogowie byli pewni siebie i nieprzygotowani do walki. Są dwie cechy, które odróżniają to zgromadzenie od innych, i trudno je przeoczyć. Po pierwsze, wyglądają inaczej – mają żółte oczy.

Wokół rozległ się pomruk zdziwienia.

– Żółte? – powtórzył z obrzydzeniem Raoul.

– W świecie wampirów istnieje wiele spraw, o których jeszcze nie wiecie. Mówiłem wam, że tamte wampiry są starsze. Ich oczy są słabsze od naszych i pożółkłe ze starości. To kolejny plus dla nas. – Kiwnął głową, jakby chciał powiedzieć: „Jedno z głowy". – Ale istnieją także inne stare wampiry, więc będziemy musieli upewnić się, że atakujemy celnie… I tu właśnie czas na deser. – Riley uśmiechnął się podstępnie i odczekał chwilę.

– Będzie wam ciężko to pojąć – ostrzegł. – Sam tego nie rozumiem, ale widziałem to na własne oczy. Te stare wampiry są tak słabe, że trzymają ze sobą – jako członka zgromadzenia – udomowionego człowieka.

Rewelacje Rileya zostały przyjęte w absolutnej ciszy. I z zupełnym niedowierzaniem.

– Wiem, wiem – trudno w to uwierzyć. Ale taka jest prawda. Będziemy pewni, że to właściwe zgromadzenie, jeśli będzie wśród nich ludzka dziewczyna.

– No, ale… jak to? – spytała Kristie. – Chcesz powiedzieć, że oni wożą ze sobą jedzenie, czy co?

– Nie, to zawsze ta sama dziewczyna, której wcale nie chcą zabijać. Nie wiem, jak im się udaje przed tym powstrzymać i czemu w ogóle tak się zachowują. Może po prostu lubią się wyróżniać. Może chcą popisać się, jak wielką mają nad sobą kontrolę. A może sądzą, że dzięki niej wydają się silniejsi. Dla mnie to zupełnie bez sensu. Ale widziałem ją, a co więcej, znam jej zapach.

Powolnym i dramatycznym gestem Riley sięgnął pod kurtkę i wyciągnął zamykaną plastikową torebkę z wciśniętym do środka kawałkiem czerwonego materiału.

– Przez ostatnie tygodnie robiłem małe rozpoznanie i obserwowałem żółtookich, gdy tylko pojawili się w pobliżu. – Urwał, by rzucić nam karcące spojrzenie. – Pilnowałem swoich dzieciaków. Kiedy już upewniłem się, że chcą nas zaatakować, ukradłem to – pokazał torebkę – by łatwiej nam było ich namierzyć. Chcę, abyście wszyscy nauczyli się tego zapachu. – Podał woreczek Raoulowi, który otworzył go i wziął głęboki wdech. Po chwili pytająco zerknął na Rileya, wyraźnie zdziwiony.

– Wiem, wiem – odpowiedział Riley. – Niezwykłe, prawda?

Raoul podał torebkę Kevinowi, mrużąc oczy w zamyśleniu.

Jeden po drugim, wszystkie wampiry wąchały zawartość torebki i wszystkie reagowały tak samo: otwierały szeroko oczy, ale nic nie mówiły. Zaintrygowały mnie, więc odsunęłam się od Freda tak bardzo, aż poczułam przypływ mdłości – wyraźnie wyszłam poza ochronny krąg. Przyczołgałam się do blondasa od Spider-Mana, który najwyraźniej był ostatni w kolejce. Gdy nadeszła jego kolej, wsadził nos do torebki i wciągnął zapach. Potem chciał oddać ją poprzedniemu wampirowi, ale wyciągnęłam dłoń i cicho syknęłam. Zareagował z opóźnieniem, jakby widział mnie pierwszy raz w życiu, ale podał mi woreczek.

Wyglądało na to, że czerwony materiał to zwinięta bluzka. Wsadziłam nos w woreczek, na wszelki wypadek nie spuszczając z oczu wampirów stojących najbliżej, i wciągnęłam powietrze.

No tak. Już teraz zrozumiałam, o co chodziło, i na mojej twarzy pojawił się taki sam wyraz. W żyłach dziewczyny, która nosiła tę bluzkę, płynęła bardzo słodka krew. Gdy Riley mówił „deser", miał świętą rację. Ale z drugiej strony byłam w tamtej chwili tak pełna, że choć otworzyłam szeroko oczy z zaskoczenia, nie poczułam w gardle takiego bólu, by się skrzywić. Byłoby cudownie móc się napić takiej krwi, ale nie cierpiałam zbytnio, że teraz nie mogę tego zrobić. Zastanawiałam się, ile czasu minie, zanim znów poczuję pragnienie. Zazwyczaj palący ból powracał już kilka godzin po zaspokojeniu pragnienia, a potem nasilał się i nasilał, aż po kilku dniach nie można było o nim zapomnieć nawet na sekundę. Czy ogromny zapas krwi, którą wypiłam na statku, opóźni pojawienie się tego uczucia? Wkrótce miałam się przekonać.

Rozejrzałam się dokoła, sprawdzając, czy ktoś jeszcze chce powąchać torebkę, pomyślałam bowiem, że może Fred też byłby ciekawy. Riley złapał moje spojrzenie, uśmiechnął się nieznacznie i delikatnym ruchem brody wskazał mi kąt, w którym siedział Fred. To oczywiście sprawiło, że miałam ochotę zrezygnować ze swojego zamiaru, ale dałam sobie spokój. Nie chciałam, by Riley zaczął mnie podejrzewać.

Podeszłam do Freda, ignorując nadchodzące mdłości, które zniknęły, gdy stanęłam obok niego.

Podałam mu torebkę. Był chyba zadowolony, że o nim pamiętałam. Uśmiechnął się i powąchał koszulkę. Po chwili z zamyśleniem pokiwał głową. Oddał mi torebkę, patrząc znacząco. Miałam nadzieję, że może następnym razem, gdy będziemy sami, powie mi głośno, co sobie pomyślał.

Rzuciłam woreczek blondaskowi od Raoula, który drgnął, jakby coś znienacka spadło na niego z nieba, ale zdążył złapać torebkę. Wszyscy podniecali się słodkim zapachem, aż Riley dwukrotnie klasnął w dłonie.

– Dobra, to jest deser, o którym mówiłem. Dziewczyna będzie tam z żółtookimi. A ten, kto dorwie ją pierwszy, dostanie deser. Nic prostszego.

Rozległy się warknięcia aprobaty oraz wyższości. Nic prostszego? Niby tak, ale... coś tu nie grało. Czy nie powinniśmy wszyscy razem najpierw zniszczyć zgromadzenia żółtookich? Mieliśmy być jednością, a nie stawać do wyścigu: kto pierwszy, ten lepszy. Jedyną gwarantowaną zdobyczą całej wyprawy miała się okazać martwa ludzka dziewczyna? Sama potrafiłabym wymyślić kilka bardziej sensownych sposobów, by zmotywować naszą armię. Ten, kto zabije najwięcej żółtookich, dostanie dziewczynę. Ten, kto będzie najlepiej współpracował z pozostałymi, dostanie dziewczynę. Ten, kto najściślej będzie się trzymał planu. Ten, kto najlepiej będzie wykonywał rozkazy. Ten, kto okaże się najbardziej wartościowym napastnikiem w całej bitwie. Powinniśmy skupiać się na zagrożeniu, a dziewczyna z pewnością nim nie była.

Rozejrzałam się wokół i zdałam sobie sprawę, że nikt z pozostałych nie myśli tak jak ja. Raoul i Kristie gapili się na siebie. Słyszałam, jak Sara i Jen szeptem dyskutują, czy mogłyby podzielić nagrodę między sobą. Chyba tylko Fred mnie rozumiał – widziałam, że marszczy czoło, zastanawiając się nad czymś głęboko.

– I jeszcze jedno – ciągnął Riley. Pierwszy raz usłyszałam w jego głosie wahanie. – Będzie wam trudno uwierzyć, więc pokażę wam to na własnym przykładzie. I nie poproszę, żebyście robili cokolwiek, czego ja bym nie zrobił. Pamiętajcie, że cały czas będę z wami.

Wampiry znów zamarły w oczekiwaniu. Zauważyłam, że torebkę z czerwoną bluzką ma Raoul i zaborczo ściska ją w dłoniach.

– Jest tak wiele rzeczy, których musicie dowiedzieć się o wampirach – kontynuował Riley. – Niektóre są łatwiejsze do zrozumienia niż inne. To, co powiem, na początku wyda wam się dziwne, ale sam tego doświadczyłem i mogę wam pokazać. – Wahał się przez dłuższą chwilę. – Cztery razy do roku słońce oświetla ziemię pod specyficznym kątem, niebezpośrednio. Podczas tych dni, cztery razy w roku, możemy... możemy przebywać na zewnątrz.

Wszyscy wstrzymali oddech i zamarli w bezruchu. Riley przemawiał do armii posągów.

– Zaczyna się właśnie jeden z takich dni. Słońce, które dzisiaj wschodzi, nie zrobi nam żadnej krzywdy. Wykorzystamy to rzadkie zjawisko, aby zaskoczyć naszych wrogów.

W mojej głowie kłębiły się dziesiątki myśli. A więc Riley wiedział, że możemy bezpiecznie przebywać w słońcu. Albo nie wiedział, a nasza stwórczyni opowiedziała mu tę bajeczkę o czterech dniach w roku. Albo... bajka nie była bajką, a Diego i ja mieliśmy szczęście trafić na taki właśnie dzień. Tyle że Diego już wcześniej wychodził na światło dzienne. Zresztą Riley mówił, że to tylko krótkie, okresowe przesilenia, a my chodziliśmy swobodnie zaledwie cztery dni temu. Rzecz jasna, rozumiałam, że Riley i o n a chcieli nas trzymać w ryzach, strasząc słońcem, to miało sens. Tylko dlaczego nagle zdecydowali się wyjawić nam prawdę – nawet jeśli niepełną?

Byłam pewna, że ma to coś wspólnego z wampirami w ciemnych pelerynach. O n a musiała zapewne zmieścić się w wyznaczonym przez nich terminie. Tajemniczy goście przecież wcale nie obiecali jej, że przeżyje, kiedy my zabijemy żółtookich. Domyślałam się, że gdy tylko załatwimy za nią sprawę bitwy, nasza stwórczyni rozpłynie się w powietrzu. Zniszczymy wrogi klan, a o n a pojedzie na wakacje, dokądkolwiek, byle jak najdalej stąd. I mogłam się założyć, że nie wyśle nam ozdobnie wypisanych zaproszeń. Wiedziałam, że muszę szybko znaleźć Diega, abyśmy także mogli uciec, ale w drugą stronę. No i musiałam dać cynk Fredowi. Postanowiłam, że zrobię to, gdy tylko zostaniemy na chwilę sami.

W jednej krótkiej przemowie Rileya było tak wiele manipulacji, że nie miałam pewności, czy wszystko wyłapałam. Żałowałam, że nie ma ze mną Diega — razem moglibyśmy lepiej odgadnąć ukryty sens jego słów. Jeśli Riley wymyślił tę historię o czterech wyjątkowych dniach, chyba rozumiałam, dlaczego to zrobił. Nie mógł przecież tak po prostu powiedzieć: „Hej, wiecie co? Okłamywałem was od samego początku waszego nowego życia, ale teraz mówię prawdę". Chciał, byśmy lada chwila poszli z nim na wojnę, nie mógł więc sobie pozwolić na utratę naszego zaufania.

— Macie prawo bać się tej myśli — mówił dalej Riley do posągów. — Żyjecie tylko dlatego, że posłuchaliście mnie, gdy kazałem wam zachować ostrożność. Wracaliście do domu na czas i nie popełnialiście błędów. Ze strachu staliście się mądrzy i czujni. Nie oczekuję, że tak po prostu porzucicie ten strach, który tyle razy was ocalił. Nie oczekuję, że na moje słowo tak po prostu wybiegniecie na zewnątrz. Ale… — Rozejrzał się po piwnicy. — Oczekuję, że wyjdziecie za mną.

Zdawało mi się, że na ułamek sekundy zatrzymał spojrzenie nad moją głową.

– Obserwujcie mnie – powiedział. – Słuchajcie mnie i zaufajcie mi. A kiedy zobaczycie, że nic mi się nie stało, uwierzcie w to. Słońce wywoła dzisiaj pewien interesujący efekt na waszej skórze. Zobaczycie jaki. W żaden sposób was jednak nie zrani. Nie zrobiłbym niczego, co mogłoby was narazić na niepotrzebne niebezpieczeństwo. Wiecie o tym.

Ruszył po schodach na górę.

– Riley, a czy nie możemy poczekać... – zaczęła Kristie.

– Po prostu patrz – przerwał jej Riley, nie zatrzymując się. – To daje nam dużą przewagę. Żółtoocy wiedzą o dzisiejszym dniu, ale nie wiedzą, że my wiemy. – Mówiąc to, otworzył drzwi i wyszedł z piwnicy do kuchni. W dobrze zacienionym pomieszczeniu nie było światła, ale i tak wszyscy odsunęli się od otwartych drzwi. Wszyscy oprócz mnie. Riley nie przestawał mówić, idąc w stronę frontowych drzwi. – Wszystkie młode wampiry potrzebują trochę czasu, by zaakceptować tę wyjątkową wiedzę. I bardzo dobrze. Ci, którzy nie są ostrożni w świetle dnia, nie przetrwają długo.

Czułam na sobie spojrzenie Freda. Zerknęłam na niego. Wpatrywał się we mnie, jakby chciał uciec, ale nie miał dokąd.

— W porządku — wyszeptałam prawie niedosły-
szalnie. — Słońce nie zrobi nam krzywdy.

„Ufasz mu?" — zapytał bezgłośnie.

„Ależ skąd!".

Fred uniósł brew i odrobinę się rozluźnił.
Spojrzałam na ścianę za jego plecami. Czego szukał tam Riley? Nic się nie zmieniło — wisiały tam
jakieś rodzinne zdjęcia nieżyjących właścicieli domu, małe lusterko i zegar z kukułką. Hm. Może
sprawdzał godzinę? Może i jemu o n a wyznaczy-
ła ostateczny termin?

— Dobrze, kochani, ja wychodzę — rzucił Riley.
— Przysięgam, że dzisiaj nie macie się czego bać.

Przez otwarte drzwi do piwnicy wpadło nagle
światło, wzmocnione — co wiedziałam tylko ja —
odbiciem skóry Rileya. Widziałam, jak jasne odblaski tańczą na ścianach. Sycząc i warcząc, całe
zgromadzenie wycofało się w kąt piwnicy, prze-
ciwległy do tego, w którym stał Fred. Kristie znalazła się pod ścianą — widocznie chciała wykorzystać swoją bandę jako tarczę.

— Uspokójcie się! — zawołał Riley. — Nic mi nie
jest. Żadnego bólu czy poparzeń. Chodźcie i zo-
baczcie! No, dalej!

Nikt nie zbliżył się do drzwi. Fred skulił się
pod ścianą obok mnie, w panice patrząc na ostre
światło. Machnęłam ręką, by zwrócić na siebie jego uwagę. Podniósł wzrok i przez chwilę zastanawiał się, czemu jestem taka spokojna. Powoli się

wyprostował i stanął obok mnie. Uśmiechnęłam się zachęcająco. Wszyscy pozostali czekali, aż zacznie się pożar. Ciekawe, czy zdaniem Diega w jaskini też wyglądałam tak głupio jak oni teraz.

– Wiecie co? – zawołał z góry Riley. – Jestem ciekaw, kto z was okaże się najodważniejszy! Wydaje mi się, że wiem, kto pierwszy przejdzie przez te drzwi, ale już raz się pomyliłem.

Wzniosłam spojrzenie do nieba. Bardzo subtelnie, Riley, doprawdy.

Ale oczywiście zadziałało. Raoul natychmiast zaczął podchodzić do schodów. Po raz pierwszy Kristie wcale nie śpieszyła się, by konkurować z nim o sympatię Rileya. Raoul pstryknął palcami na Kevina i zarówno on, jak i blondasek niechętnie ruszyli za nim.

– Słyszycie mój głos. Wiecie, że się nie spaliłem. Przestańcie zachowywać się jak dzieci! J e s t e ś c i e   w a m p i r a m i! Więc zachowujcie się, jak trzeba.

A jednak Raoul i jego kumple nie doszli dalej niż do podnóża schodów. Nikt z pozostałych się nie ruszył. Po kilku minutach Riley wrócił do piwnicy. W świetle dochodzącym z góry wciąż jeszcze lśnił.

– Spójrzcie na mnie! Nic mi nie jest. Naprawdę! Wstyd mi za was. Chodź tu, Raoul!

Ale Raoul umknął, gdy tylko zobaczył, co się święci. W końcu Riley musiał złapać Kevina i siłą zaciągnął go na górę. Zauważyłam ten moment, gdy razem wyszli na słońce, ponieważ blask w piwnicy stał się jeszcze bardziej intensywny.

– Powiedz im, Kevin – nakazał Riley.

– Jestem cały, Raoul! – zawołał Kevin. – Ale numer. Cały się... świecę! Ale wariactwo! – Zaśmiał się.

– Dobra robota, Kevin – głośno pochwalił Riley.

Raoulowi więcej nie było trzeba. Nie śpieszył się, ale chwilę później był na górze, błyszcząc i zaśmiewając się razem z Kevinem. Jednak nawet teraz pozostali ociągali się z wyjściem na górę. Tylko nieliczni się zdecydowali, a Riley tracił cierpliwość. Bardziej groził, niż zachęcał.

Fred rzucił mi pytające spojrzenie: „Wiedziałaś?".

„Tak" – odparłam bezgłośnie.

Kiwnął głową i ruszył po schodach. Pod ścianą zostało jeszcze jakieś dziesięć wampirów, głównie z grupy Kristie. Poszłam za Fredem – najbezpieczniej było wyjść w środku stawki. Niech Riley myśli sobie, co chce.

Na podwórku ujrzeliśmy błyszczące niczym dyskotekowe kule wampiry, które wpatrywały się w swoje ręce i twarze pozostałych z bezgranicznym zdumieniem. Fred bez zwłoki wyszedł na słońce, co – biorąc pod uwagę sytuację – było dosyć odważne. Za to Kristie była doskonałym przykładem tego, jak dobrze wyszkolił nas Riley. Trzymała się tego, co znała, bez względu na najbardziej przekonujące dowody.

Fred i ja stanęliśmy w pewnym oddaleniu od reszty. Chłopak przyjrzał się sobie uważnie, potem spojrzał na mnie, a później na pozostałych. Uderzyło mnie, że choć był tak milczący, miał rozwinięty zmysł obserwacji i ze skupieniem naukowca badał wszelkie szczegóły. Przez cały ten czas oceniał słowa i działania Rileya. Ciekawe, co wydedukował?

Riley siłą musiał zaciągnąć Kristie na górę i wreszcie jej grupa także się ruszyła. Wszyscy znaleźliśmy się na słońcu i większość wyraźnie cieszyła się tym, jak pięknie wyglądamy. Riley zarządził zbiórkę i jeszcze jeden krótki trening, zapewne po to, by wszyscy lepiej się skoncentrowali. Trochę to trwało, ale w końcu każdy zorientował się, że nadszedł decydujący moment, i zgromadzenie ucichło, by wzbudzić w sobie agresję. Widziałam, że już sama idea prawdziwej walki, tego, że nie tylko pozwalano im zabijać i palić, ale nawet do tego zachęcano, była niemalże tak podniecająca jak samo polowanie. Działało to na wampiry takie jak Raoul, Jen czy Sara.

Riley skoncentrował się na strategii, której próbował nas nauczyć od kilku dni. Zakładała ona, że gdy tylko uda nam się znaleźć żółtookich, podzielimy się na dwie grupy i ich otoczymy. Raoul dostał polecenie atakowania z przodu, a Kristie – z flanki. Ten plan odpowiadał im obojgu, choć nie byłam pewna, czy w wirze polowania uda im się działać zgodnie z ustaleniami. Kiedy Riley po godzinie treningu zwołał wszystkich do siebie, Fred natychmiast ruszył w drugą stronę, na północ. Pozostali stali twarzami do Rileya, zwróceni w kierunku południowym. Trzymałam się blisko Freda, chociaż nie miałam pojęcia, co wyrabia. Zatrzymał się po jakichś stu metrach, w cieniu świerków rosnących na brzegu lasu. Nikt nie patrzył, gdy odchodziliśmy. A Fred cały czas spoglądał na Rileya, jakby sprawdzał, czy zauważy nasz odwrót. Tymczasem Riley zaczął mówić do zgromadzonych:

– Wyruszamy. Jesteście silni i gotowi. I spragnieni, prawda? Czujecie żar w gardłach. Jesteście gotowi na d e s e r.

Miał rację. Krew wypita na statku nie zagłuszyła pragnienia, które wracało chyba nawet szybciej i było bardziej intensywne niż poprzednio. Najwidoczniej nadmiar krwi przynosił skutki odwrotne do oczekiwanych.

– Żółtoocy zbliżają się powoli od południa, a po drodze gaszą pragnienie, by wzmocnić siły – ciągnął Riley. – O n a cały czas ich obserwuje, dlatego wiem, gdzie ich znaleźć. Spotkają się tam z nami o n a i Diego. – Rzucił znaczące spojrzenie w miejsce, gdzie przed chwilą stałam, i ledwie zauważalnie zmarszczył brwi. – Uderzymy w nich niczym tsunami! Z łatwością ich zwyciężymy, a potem będziemy świętować. – Uśmiechnął się.– A jedno z was będzie świętować podwójnie. Raoul, oddaj mi to. – Riley zdecydowanie wyciągnął dłoń.

Raoul z niechęcią rzucił mu torebkę z czerwoną koszulką. Pomyślałam, że próbował przywłaszczyć sobie dziewczynę, zabierając jej zapach.

– Jeszcze raz powąchajcie po kolei. Skupcie się! Na dziewczynie? Czy na bitwie?

Tym razem Riley osobiście podawał wszystkim torebkę do powąchania, jakby chciał się upewnić, że całe zgromadzenie będzie spragnione. Sądząc po ich reakcji, paliło ich w gardle coraz bardziej, tak jak mnie. Ludzki zapach wywoływał warknięcia i wycie. Riley nie musiał tego robić – i tak wszystko pamiętaliśmy. Widocznie chciał nas przetestować. Sama myśl o zapachu człowieka sprawiła, że jad napłynął mi do ust.

– Jesteście ze mną?! – wrzasnął Riley.

Wszyscy krzyknęli twierdząco.

– To załatwmy ich, dzieciaki!

I znów stado drapieżników ruszyło na łowy – tym razem na lądzie.

Fred ani drgnął, zostałam więc przy nim, choć czułam, że marnuję cenny czas. Skoro miałam złapać Diega i odciągnąć go, zanim zacznie się bitwa, powinnam być z przodu całej grupy. Spojrzałam na nich zdenerwowana. Wciąż byłam prawie najmłodsza, a więc i szybsza.

– Przynajmniej przez dwadzieścia minut Riley nie będzie mógł nawet o mnie pomyśleć – odezwał się Fred głosem tak zwyczajnym, jakbyśmy codziennie odbywali setki takich rozmów. – Kontroluję czas. Nawet w sporej odległości poczuje mdłości na samą myśl o mnie.

– Serio? To super.

Uśmiechnął się.

– Ćwiczę od jakiegoś czasu, sprawdzam swoją moc. Potrafię już zrobić się niewidzialny. Nikt mnie nie zobaczy, jeśli nie będę tego chciał.

– Zauważyłam – rzekłam, a po chwili spytałam: – Nie idziesz z nami?

Fred pokręcił głową.

– Jasne, że nie. Riley przecież nie powiedział nam najważniejszych rzeczy. Nie mam zamiaru być jego pionkiem.

A więc zrozumiał wszystko.

– Mogłem zwiać wcześniej, ale przedtem chciałem jeszcze z tobą porozmawiać, a dopiero teraz nadarzyła się okazja.

– Ja też chciałam z tobą pogadać – przyznałam. – Uznałam, że powinieneś wiedzieć, iż Riley okłamuje nas w sprawie słońca. Ta historyjka o czterech specjalnych dniach to kompletna bzdura. Wydaje mi się, że Shelly, Steve i kilku innych też się tego domyślili. A jeśli chodzi o tę walkę, to sprawa jest dużo poważniejsza. Mamy więcej wrogów niż tylko tamto zgromadzenie – mówiłam szybko, boleśnie odczuwając, jak szybko mija czas, i patrząc na przesuwające się słońce. Musiałam znaleźć Diega.

– Nie dziwię się – spokojnie odparł Fred. – Dlatego znikam. Pragnę sam odkrywać świat. To znaczy zamierzałem iść sam, ale pomyślałem, że może chciałabyś do mnie dołączyć. Byłabyś bezpieczna. Nikt za nami nie pójdzie.

Przez chwilę się wahałam. Akurat w tym momencie perspektywa bezpieczeństwa i spokoju była bardzo kusząca.

– Muszę znaleźć Diega – powiedziałam, kręcąc głową.

Fred skinął głową w zamyśleniu.

– Jasne, rozumiem. Wiesz, jeśli jesteś gotowa za niego zaręczyć, możemy go wziąć ze sobą. Czasem im więcej nas, tym lepiej.

– To prawda – zgodziłam się szybko, gdyż przypomniałam sobie, jak bezbronna czułam się wtedy na drzewie z Diegiem, gdy zbliżały się do nas wampiry w pelerynach.

Fred pytająco uniósł brew, słysząc mój ton.

– Riley kłamie w przynajmniej jeszcze jednej sprawie – wyjaśniłam. – Bądź ostrożny. Ludzie nie powinni się o nas dowiedzieć. Istnieją bowiem jakieś szurnięte wampiry, które niszczą zgromadzenia, kiedy te stają się zbyt widoczne. Widziałam ich i uwierz, nie chciałbyś mieć z nimi do czynienia. W ciągu dnia trzymaj się z boku i poluj rozsądnie. – Nerwowo spojrzałam na południe. – Muszę się pośpieszyć!

Fred z namysłem rozważał to, co powiedziałam.

– Rozumiem. Jeśli zechcesz, dołącz potem do mnie. Z chęcią wysłucham wszystkiego, co wiesz. Poczekam na ciebie w Vancouver, przez jeden dzień. Dobrze znam miasto. Zostawię ci trop w... – zawahał się, a potem zachichotał i dokończył: – ...w parku Rileya. Doprowadzi cię do mnie. Ale po dwudziestu czterech godzinach już mnie tam nie będzie.

– Znajdę Diega i dogonimy cię.

– Powodzenia, Bree.

– Dzięki, Fred! I powodzenia. Do zobaczenia! – Zaczęłam biec.

– Mam nadzieję – usłyszałam jeszcze.

Pędem ruszyłam śladem zgromadzenia, biegnąc szybciej niż kiedykolwiek. Na szczęście zatrzymali się na chwilę – pewnie Riley musiał na nich nawrzeszczeć – więc udało mi się dogonić grupę wcześniej, niż przypuszczałam. A może Riley przypomniał sobie o Fredzie i stanął, by nas poszukać? Biegli równym krokiem, kiedy dołączyłam, starając się sprawiać wrażenie umiarkowanie zaangażowanej – jak poprzedniej nocy. Próbowałam wślizgnąć się między pozostałych bez zwracania na siebie uwagi, ale Riley odwrócił się i zerknął na ociągających się maruderów. Dostrzegł mnie, a potem zaczął biec szybciej. Czy uznał, że Fred jest ze mną? Riley miał już nigdy więcej nie zobaczyć Freda...

Pięć minut później sprawy wymknęły się spod kontroli.

To Raoul złapał trop. Wyrwał naprzód z dzikim wrzaskiem. Riley tak nas nakręcił, że wystarczyła drobna iskra, by spowodować eksplozję. Ci, którzy biegli blisko Raoula, również wyczuli zapach, a po chwili rozpoczęło się szaleństwo. Chęć zdobycia ludzkiej dziewczyny wzięła górę nad rozkazami Rileya. Teraz byliśmy myśliwymi, a nie armią. Zapomnieliśmy o jedności, liczył się tylko wyścig po jej krew.

Choć wiedziałam, że opowieść Rileya zawierała wiele kłamstw, nie potrafiłam oprzeć się zapachowi. Nawet biegnąc z tyłu grupy, wyczułam go od razu. Był świeży i intensywny. Dziewczyna musiała niedawno tu przebywać, a pachniała naprawdę słodko. Dzięki krwi wypitej ubiegłej nocy byłam silna, ale nie miało to znaczenia. Chciało mi się pić. W gardle paliło. Ruszyłam za resztą, próbując się skoncentrować. Ze wszystkich sił starałam się zostać nieco z tyłu. Najbliżej mnie był... Riley. Czyżby on też chciał się powstrzymać od polowania na dziewczynę? Wciąż wykrzykiwał rozkazy, powtarzając właściwie to samo.

– Kristie, idź dookoła! Przesuń się! Rozdzielcie się! Kristie, Jen! Rozdzielcie się! – Cały plan atakowania z dwóch stron walił się na naszych oczach.

Riley doskoczył do głównej grupy biegnących i złapał Sarę za ramię. Pociągnął ją w lewo, aż warknęła ze złością.

– Idź naokoło! – wrzasnął.

Potem chwycił blondaska, którego imienia nigdy nie poznałam, i popchnął go na Sarę, co jej się wyraźnie nie spodobało. Kristie otrząsnęła się z amoku, zdając sobie sprawę, że powinna działać zgodnie ze strategią. Rzuciła gniewne spojrzenie na Raoula i zaczęła wrzeszczeć na swoją ekipę:

– Tędy! Szybciej! Rozwalimy ich i pierwsi ją dorwiemy. Dalej!

– Pójdę na szpicę z Raoulem! – krzyknął Riley, zawracając.

Wciąż biegłam przed siebie, choć zawahałam się. Nie chciałam iść na szpicę, ale członkowie ekipy Kristie zaczęli zwracać się przeciwko sobie. Sara uwięziła w kleszczach blondaska. Dźwięk jego odrywanej głowy pomógł mi podjąć decyzję. Rzuciłam się w pościg za Rileyem, zastanawiając się, czy Sara zatrzyma się na chwilę, aby spalić chłopca, który lubił udawać Spider-Mana.

Zbliżyłam się na tyle, by zobaczyć przed sobą Rileya, ale niezmiennie trzymałam się trochę z tyłu. W ten sposób dogoniliśmy grupę Raoula. Zapach krwi wciąż utrudniał mi skupienie się na ważniejszych sprawach.

– Raoul! – krzyknął Riley.

Ten mruknął coś, ale się nie odwrócił. Był jak urzeczony słodkim ludzkim zapachem.

– Muszę pomóc Kristie! Zobaczymy się na miejscu! Skoncentruj się! – wołał za nim Riley.

Nagle przyszło mi coś do głowy i zatrzymałam się gwałtownie, ogarnięta niepewnością. Raoul parł naprzód, zupełnie nie reagując na słowa Rileya. Ten zaś zwolnił do truchtu, a potem do marszu. Powinnam się ruszyć, ale pewnie wtedy usłyszałby, że próbuję się ukryć. Odwrócił się z uśmiechem i mnie dostrzegł.

– Bree. Myślałem, że jesteś z Kristie.

Nie odpowiedziałam.

– Słyszałem, jak komuś dzieje się krzywda. Kristie potrzebuje mnie bardziej niż Raoul – wyjaśnił szybko.

– Czy ty nas… zostawiasz? – spytałam.

Mina Rileya nagle się zmieniła. Właściwie udało mi się odczytać jego zamiary z wyrazu twarzy. Otworzył szeroko oczy, nagle zaniepokojony.

– Martwię się, Bree. Mówiłem ci, że mamy się z n i ą spotkać, że miała nam pomóc, ale nie trafiłem na j e j trop. Coś jest nie tak i muszę j ą odnaleźć.

– Ale nie dasz rady j e j odnaleźć, zanim Raoul dotrze do żółtookich – zauważyłam.

– Muszę dowiedzieć się, co się stało. – W głosie Rileya słyszałam prawdziwą desperację. – Potrzebuję j e j. Mieliśmy działać razem!

– Ale pozostali...

– Bree, muszę ją odnaleźć. Teraz! Jest was dość wielu, by pokonać żółtookich. Wrócę, gdy tylko będę mógł.

Zdawał się mówić tak szczerze, że powstrzymałam chęć spojrzenia w kierunku, z którego przyszliśmy. Fred pewnie był już w połowie drogi do Vancouver. A Riley nawet o niego nie zapytał. Może talent Freda wciąż był aktywny?

– Tam jest Diego, Bree – rzucił nagle Riley. – Będzie wystawiony na pierwszy atak. Nie złapałaś jego zapachu? Nie byłaś dość blisko?

Potrząsnęłam głową, zupełnie skołowana.

– Diego tam był?

– Teraz pewnie jest już z Raoulem. Jeśli się pośpieszysz, możesz pomóc mu ujść z życiem.

Przez długą chwilę patrzyliśmy na siebie, aż w końcu spojrzałam na południe, dokąd prowadziła ścieżka Raoula.

– Grzeczna dziewczynka – rzekł Riley. – Znajdę ją i wrócimy, by pomóc wam posprzątać. Opanowaliście sytuację. Zanim do nich wrócisz, może już będzie po wszystkim!

Pobiegł ścieżką prostopadłą do tej, którą przyszliśmy. Dotarło do mnie, że kłamał, i zacisnęłam zęby ze złości. Kłamał do samego końca, z niewzruszoną pewnością. Ale ja nie miałam już żadnego wyboru. Ruszyłam więc dalej, znowu biegiem. Musiałam znaleźć Diega. Odciągnąć go od walki siłą, jeśli będzie trzeba. Musieliśmy dogonić Freda albo uciekać na własną rękę. Chciałam mu powiedzieć, że Riley nas okłamał. Diego zrozumie, że Riley nie miał najmniejszego zamiaru pomagać nam w bitwie, którą wywołał. I że my też nie musimy mu już pomagać.

Najpierw odnalazłam zapach dziewczyny, a potem Raoula. Nie wyczułam jednak Diega. Może biegłam zbyt szybko? Albo ludzki trop osłabił moją czujność? Nasz pościg nie miał sensu; było jasne, że znajdziemy dziewczynę, ale czy będziemy wtedy potrafili walczyć wspólnie przeciwko tamtym? Oczywiście, że nie, raczej rozszarpiemy siebie nawzajem na strzępy, byle ją dorwać. Nagle usłyszałam jazgot, krzyki i piski tuż przede mną – znak, że przybyłam zbyt późno. Walka się zaczęła, zanim zdążyłam odnaleźć Diega. Pobiegłam szybciej z nadzieją, że zdążę go jeszcze uratować.

Z wiatrem doleciał do mnie dym – słodki, gęsty zapach ciała palonego wampira. Odgłosy rzezi stawały się coraz wyraźniejsze. Może rzeczywiście walka już się kończyła? Czy znajdę tam czekającego na mnie Diega? Czy nasze zgromadzenie wygra?

Pędziłam przez gęstą zasłonę dymu i nagle wybiegłam z lasu na wielką, porośniętą trawą polanę. Przeskoczyłam przez jakiś kamień, z opóźnieniem zdając sobie sprawę, że to nie kamień, lecz ciało pozbawione głowy.

Rozejrzałam się wokół. Dostrzegłam kawałki ciał i wielkie ognisko, z którego fioletowy dym unosił się prosto w słoneczne niebo. Przez kłęby dymu widziałam też szalejące, lśniące wampirze postacie rozdzierane przy akompaniamencie warknięć i wrzasków. Szukałam jednej rzeczy: kręconych czarnych włosów Diega. Nikt inny nie miał tak ciemnych jak on. Wypatrzyłam jednego ogromnego, ciemnowłosego wampira, ale był zdecydowanie zbyt duży jak na Diega. Zobaczyłam zresztą, że odrywa głowę Kevina, wrzuca ją do ognia i skacze na plecy następnej ofierze. Czyżby to była Jen?

Dostrzegłam też drugą postać z czarnymi włosami, ale ta była z kolei za mała. Poruszała się tak szybko, że nie mogłam stwierdzić, czy to dziewczyna, czy chłopak. Rozejrzałam się raz jeszcze i pomyślałam, że powinnam usunąć się z pola walki. Zaczęłam rozpoznawać twarze. Wampirów było już znacznie mniej, nawet licząc ofiary leżące na ziemi. Nie zobaczyłam nikogo z grupy Kristie – widocznie wszystkich spalono. Ci, którzy stali o własnych siłach, byli mi obcy. Jakiś wampir z blond włosami spojrzał na mnie, a w słońcu jego oczy błysnęły złociście.

Przegrywaliśmy. I to z kretesem.

Zaczęłam wycofywać się w kierunku drzew, niezbyt szybko, bo wciąż szukałam Diega. Nie było go tam. Nie znalazłam też nic, co by wskazywało, że kiedykolwiek tu był. Ani śladu jego zapachu, choć natrafiłam na tropy kolesiów Raoula i wielu obcych. Zmusiłam się też do obejrzenia porozrzucanych szczątków. Żadne z ciał nie należało do Diega – rozpoznałabym choćby jego palec.

Odwróciłam się i rzuciłam w kierunku lasu, nagle przekonana o tym, że cała opowiastka Rileya o moim przyjacielu była wyłącznie kolejnym kłamstwem. A skoro Diega tutaj nie było, to już nie żył. Ta myśl przyszła mi do głowy tak naturalnie, że chyba już od jakiegoś czasu podświadomie znałam prawdę. Od chwili gdy Diego nie wrócił z Rileyem do piwnicy... Już go nie było.

Znajdowałam się niedaleko linii drzew, kiedy coś wielkiego niczym kula armatnia uderzyło mnie w plecy i przewróciło na ziemię. Czyjaś ręka złapała mnie za szyję.

– Błagam! – zaszlochałam.

Błagałam, by zabili mnie jak najszybciej. Uścisk zelżał. Nie walczyłam, choć instynkt nakazywał mi gryźć, szarpać się i pazurami rozerwać wroga na strzępy. Jednak rozsądek podpowiadał, że nie ma to najmniejszego sensu. Riley kłamał – nie walczyliśmy ze słabymi, starymi wampirami; nie mieliśmy szans z nimi wygrać. Zresztą nawet gdybym mogła zabić tego, który mnie zaatakował, nie byłam w stanie się ruszyć. Diega już nie ma i ta świadomość zniszczyła we mnie chęć walki.

Nagle coś wyrzuciło mnie w powietrze; uderzyłam o drzewo i spadłam na ziemię. Powinnam była podnieść się i biec, ale Diego nie żył i straciłam ochotę do ucieczki. Blondwłosy wampir, którego widziałam na polanie, wpatrywał się we mnie, gotowy do skoku. Wyglądał na doświadczonego gracza, o wiele zręczniejszego niż Riley. Z jakiegoś powodu się na mnie nie rzucał. Nie szalał w amoku jak Raoul czy Kristie. Panował nad sobą.

– Błagam – powtórzyłam, prosząc, by zakończył moją mękę. – Nie chcę walczyć.

Nie stracił czujności, ale jego twarz się zmieniła. Popatrzył na mnie w jakiś dziwny sposób. W jego spojrzeniu było zrozumienie i coś jeszcze. Współczucie? Na pewno litość.

– Ja także, moje dziecko – powiedział spokojnym, dobrym głosem. – My tylko się bronimy.

W jego dziwnych żółtych oczach dostrzegłam taką szczerość, że zaczęłam się zastanawiać, jak mogłam kiedykolwiek wierzyć w historyjki Rileya. Poczułam się... winna. Może ich zgromadzenie nigdy nie miało zamiaru atakować nas w Seattle? Jak mogłam wierzyć w cokolwiek, co usłyszałam?

– Nie wiedzieliśmy... – wyjaśniłam ze wstydem. – Riley nas okłamał, przepraszam.

Nieznajomy nasłuchiwał przez chwilę i nagle usłyszałam, że odgłosy bitwy ucichły. Koniec.

Jeśli przez chwilę nie byłam pewna, kto wygrał, to wątpliwości rozwiały się, gdy sekundę później dołączyła do nas wampirzyca z falującymi brązowymi włosami i żółtymi oczami.

– Carlisle? – spytała zaniepokojona, patrząc na mnie.

– Ona nie chce walczyć – wyjaśnił.

Kobieta dotknęła jego ramienia. Wampir wciąż był gotowy do ataku.

– Ona jest przerażona, Carlisle – powiedziała. – Czy nie moglibyśmy...

Jasnowłosy wampir spojrzał na nią i wyprostował się, ale widziałam, że wciąż zachowuje czujność.

– Nie chcemy cię skrzywdzić – zwróciła się do mnie kobieta. Miała ciepły, kojący głos. – Nie chcieliśmy też z wami walczyć.

– Przepraszam – wyszeptałam znowu.

Nie potrafiłam opanować chaosu, jaki ogarnął moje myśli.

Diego nie żył, i to było porażające. Reszta się nie liczyła. Bitwa się skończyła, moje zgromadzenie przegrało, a ja wpadłam w ręce wroga. Tyle że w moim zgromadzeniu prawie każdy wampir z chęcią popatrzyłby, jak płonę, natomiast wrogowie zupełnie bez powodu mówili do mnie z czułością. Na dodatek z tymi dwoma obcymi wampirami czułam się bezpieczniejsza niż kiedykolwiek z Raoulem i Kristie. Czułam ulgę, że oboje nie żyją. Wszystko mi się mieszało.

– Dziecko – odezwał się Carlisle. – Czy poddasz się nam? Jeśli nie będziesz próbowała nas skrzywdzić, my nie skrzywdzimy ciebie, obiecuję.

Uwierzyłam mu.

– Tak – odparłam szeptem. – Tak, poddaję się. Nie chcę nikomu robić krzywdy.

Zachęcającym gestem wyciągnął do mnie dłoń.

– Chodź z nami, moje dziecko. Nasza rodzina musi się przegrupować, a potem zadamy ci kilka pytań. Jeśli odpowiesz na nie szczerze, nie masz się czego bać.

Wstałam powoli, każdym gestem dając do zrozumienia, że nie chcę ich zaatakować.

– Carlisle? – zawołał jakiś męski głos.

Chwilę później dołączył do nas kolejny żółtooki wampir. Jednak gdy tylko go zobaczyłam, rozwiało się moje poczucie bezpieczeństwa.

Miał także jasne włosy, ale był wyższy i szczuplejszy. Całe jego ciało pokrywały blizny, szczególnie dużo było ich na karku i szczęce. Na ramieniu dostrzegłam kilka świeżych ran, ale reszta pochodziła z wcześniejszych bitew. Pewnie miał za sobą więcej walk, niż potrafiłam sobie wyobrazić, i nigdy nie przegrał. Brązowożółte oczy lśniły, a cała jego postawa wskazywała, że ledwie potrafi powstrzymać w sobie złość rozjuszonego lwa.

Kiedy mnie zobaczył, przygotował się do ataku.

– Jasper! – ostrzegł go Carlisle.

Jasper opanował się i spojrzał na Carlisle'a ze zdziwieniem.

– O co ci chodzi?

– Ona nie chce walczyć. Poddała się.

Brew pokrytego bliznami wampira uniosła się pytająco i nagle poczułam nieoczekiwany przypływ frustracji, choć nie miałam pojęcia, co go wywołało.

– Carlisle, ja... – zawahał się Jasper, ale mówił dalej: – Przykro mi, ale to niemożliwe. Nie możemy pozwolić, aby Volturi zobaczyli nas z którymkolwiek z tych nowo narodzonych. Zdajesz sobie sprawę, jak by to było niebezpieczne?

Nie zrozumiałam wszystkiego, o czym mówił, ale wiedziałam jedno: chciał mnie zabić.

– Jasper, to jeszcze dziecko – zaprotestowała kobieta. – Nie możemy jej zamordować z zimną krwią!

Dziwnie było słuchać, jak ktoś mówi o wampirach, jakby byli ludźmi. Jakby zabicie wampira było czymś złym i możliwym do uniknięcia.

– Tu chodzi o naszą rodzinę, Esme. Nie możemy pozwolić, aby myśleli, że złamaliśmy zasadę.

Esme stanęła między mną a Jasperem. Nie wiem dlaczego, ale odwróciła się do mnie plecami.

– Nie, nie pozwolę na to.

Carlisle spojrzał na mnie niespokojnie. Widziałam, że zależy mu na tej kobiecie. Patrzyłabym tak samo na kogoś, kto stałby za plecami

Diega. Starałam się wyglądać jak najbardziej potulnie. Tak też się czułam.

– Jasper, myślę, że powinniśmy zaryzykować – rzekł powoli. – Nie jesteśmy Volturi. Przestrzegamy ich zasad, ale nie marnujemy czyjegoś życia. Wyjaśnimy im.

– Mogą pomyśleć, że my też stworzyliśmy sobie do obrony własnych nowo narodzonych.

– Ale tak nie było. Poza tym to nie tutaj pojawił się problem, tylko w Seattle. Nie ma prawa, które zabrania kreowania wampirów, pod warunkiem że ten, kto je stworzył, potrafi je kontrolować.

– To zbyt niebezpieczne.

Carlisle z czułością dotknął ramienia Jaspera.

– Nie możemy zabić tego dziecka.

Jasper spojrzał gniewnie na Carlisle'a, co obudziło moją złość. Chyba nie zamierzał skrzywdzić tego dobrego wampira ani jego ukochanej! Jednak Jasper tylko westchnął i wiedziałam, że z jego strony nic im nie grozi. Mój gniew od razu zniknął.

– Nie podoba mi się to – odparł najmłodszy z wampirów, ale był już spokojniejszy. – Przynajmniej pozwólcie, bym się nią zajął. Wy dwoje nie wiecie, jak radzić sobie z kimś, kto przez tak długi czas zachowywał się dziko.

– Oczywiście, Jasper – zgodziła się Esme. – Tylko bądź miły.

Chłopak przewrócił oczami.

— Musimy wracać do pozostałych. Alice mówiła, że nie zostało dużo czasu.

Carlisle skinął głową. Wyciągnął dłoń do Esme i razem wyszli na otwarte pole, mijając Jaspera.

— Ty tam! — zwrócił się do mnie Jasper, znów ogarnięty złością. — Idziesz z nami. I nie waż się zrobić niczego głupiego, bo sam cię załatwię!

We mnie także na nowo obudził się gniew. Gdy tak na mnie patrzył, nabrałam ochoty, by warknąć i odsłonić zęby, ale wiedziałam, że tylko czeka na taką prowokację. Zatrzymał się na chwilę, jakby wpadł na jakiś pomysł.

— Zamknij oczy — rozkazał.

Zawahałam się. Może jednak chciał mnie zabić?

— Już!

Zacisnęłam zęby i zamknęłam oczy. Czułam się jeszcze bardziej bezbronna niż poprzednio.

— Idź za moim głosem i nie otwieraj oczu. Spojrzysz i nie żyjesz, rozumiesz?

Kiwnęłam głową, zastanawiając się, czego tak strzegł przed moim wzrokiem. Poczułam ulgę, że w ogóle zadał sobie trud ukrywania czegoś przede mną. Nie zrobiłby tego, gdyby planował mnie zabić.

— Tędy.

Powoli szłam za Jasperem, uważając, by nie dać mu powodu do złości. Prowadził mnie ostrożnie, żebym nie wpadła na żadne drzewo. Słyszałam, jak zmieniły się dźwięki wokół nas, gdy wyszliśmy na otwartą przestrzeń. Inny był wiatr, a odór płonących wampirów z mojego zgromadzenia stawał się coraz silniejszy. Czułam też słońce ogrzewające moją twarz, a w miarę jak zaczynałam lśnić, pod powiekami robiło się jaśniej.

Jasper prowadził mnie do kłębowiska płomieni, tak blisko, że czułam, jak dym otula moje ciało. Wprawdzie wiedziałam, że Jasper mógł mnie zabić do tej pory już kilka razy, ale bliskość tego ognia bardzo mnie denerwowała.

– Siadaj tutaj. Nie otwieraj oczu.

Ziemia była nagrzana od słońca i ognia. Usiadłam spokojnie i próbowałam wyglądać na nieszkodliwą, ale czułam na sobie spojrzenie Jaspera, które budziło moją nerwowość. Mimo że nie byłam zła na te wampiry, które – teraz już wiedziałam – tylko się broniły, to jednak od czasu do czasu ogarniała mnie furia. Rodziła się jakby poza mną, jakby została po bitwie, która dopiero co się zakończyła. Ten gniew na szczęście okazał się zbyt słaby, bym zrobiła coś głupiego, a to dlatego, że byłam bardzo smutna – nieszczęśliwa do granic możliwości. Cały czas myślałam o moim najlepszym przyjacielu i nie mogłam przestać zastanawiać się, jak zginął.

Byłam święcie przekonana, że z własnej woli nigdy nie wyjawiłby Rileyowi naszych tajemnic – tych, które sprawiły, że ufałam mu tak długo, aż było za późno. W wyobraźni znów zobaczyłam twarz Rileya – wyuczoną, chłodną minę, którą przybierał, gdy straszył nas karą za ewentualne złe zachowanie. Znów usłyszałam koszmarny i makabrycznie szczegółowy opis tego, co zrobi z nami o n a: *...i będę was trzymać, kiedy o n a zacznie odrywać wam nogi, a potem powoli, powolutku spali wasze palce, uszy, wargi, język i wszystkie pozostałe zbędne członki... jeden po drugim.*

Zdałam sobie sprawę, że słuchałam wtedy opisu śmierci Diega. Tamtego wieczoru coś w Rileyu się zmieniło. Zabicie Diega dodało mu odwagi. Uwierzyłam wówczas w to, co usłyszałam i w co chciałam uwierzyć: że Riley ceni Diega bardziej niż kogokolwiek z nas. Co więcej, lubi go. A on patrzył, jak nasza stwórczyni go torturuje. I bez wątpienia pomógł j e j. Zabili Diega wspólnie.

Zastanawiałam się, jak wielki ból musieliby mi zadać, bym zdradziła mojego przyjaciela. Zdawało mi się, że nie poszłoby im wcale tak łatwo. I byłam pewna, że trwało bardzo długo, zanim zmusili Diega, by mnie zdradził. Czułam mdłości. Pragnęłam wyrzucić z wyobraźni obraz Diega krzyczącego w agonii, ale mi się nie udało.

Wtem na polu rozległy się krzyki. Moje powieki drgnęły, ale Jasper warknął ostrzegawczo, więc natychmiast je zacisnęłam. I tak nie zobaczyłabym nic oprócz gęstego dymu w kolorze lawendy.

Słyszałam krzyki i potworne, dzikie wycie. Niosło się daleko i trwało dość długo. Nie potrafiłam sobie wyobrazić, jakie cierpienie musi malować się na twarzy tak wyjącego stworzenia, a przez to dźwięk stawał się jeszcze bardziej przerażający. Te żółtookie wampiry tak bardzo różniły się od nas. Czy raczej ode mnie. Bo chyba już tylko ja zostałam z całego zgromadzenia. Riley i o n a dawno stąd zniknęli.

Usłyszałam, jak ktoś woła kolejne osoby po imieniu: *Jacob, Leah, Sam*. W odpowiedzi odezwały się różne głosy, ale wycie nie ustawało. Oczywiście, Riley okłamał nas także co do liczby żółtookich wampirów.

Krzyki powoli cichły, aż pozostał tylko ten jeden głos, zwierzęcy, pełen cierpienia, który przyprawiał mnie o dreszcze. W wyobraźni widziałam twarz Diega i to wycie kojarzyło mi się wyłącznie z jego śmiercią. Z hałasów rozlegających się wokół mnie wyłowiłam głos Carlisle'a. Błagał, by pozwolono mu na coś spojrzeć.

— Proszę, pozwólcie mi zobaczyć. Pozwólcie mi pomóc!

Zdawało mi się, że nikt się temu nie sprzeciwia, ale ton jego głosu wskazywał na to, że przegrywa w tej dyskusji.

A potem wycie weszło na wyższe tony, Carlisle zaczął powtarzać rozgorączkowanym głosem „dziękuję", w tle zaś usłyszałam szmer poruszenia wśród zebranych i zbliżające się ciężkie kroki. Skupiłam się bardziej i nagle usłyszałam coś zupełnie nieoczekiwanego i niemożliwego do pojęcia. Najpierw ciężkie oddechy – nigdy nie słyszałam, by ktoś w naszym zgromadzeniu tak głośno oddychał – a potem bardzo wiele następujących po sobie szybkich, głuchych uderzeń. Jakby... bicie serc. Ale z pewnością nie ludzkich. Ten akurat dźwięk znałam bardzo dobrze. Wciągnęłam powietrze, jednak wiatr wiał z przeciwnego kierunku i czułam jedynie dym.

Nagle, bez ostrzeżenia, coś dotknęło mojego ramienia i złapało mnie za głowę z dwóch stron. W panice otworzyłam oczy i wyrwałam się do przodu, próbując wyzwolić się z tego uścisku, ale natychmiast napotkałam ostrzegawcze spojrzenie Jaspera, którego twarz znajdowała się kilka centymetrów od mojej.

– Spokój! – warknął, sadzając mnie z powrotem na ziemi. Ledwie go usłyszałam; zdałam sobie sprawę, że to on trzyma mnie za głowę, zakrywając uszy. – Zamknij oczy! – rozkazał znowu, prawdopodobnie normalnym głosem, który dla mnie brzmiał jak szept.

Próbowałam się uspokoić i znów zacisnęłam powieki. Widocznie działy się rzeczy, których nie powinnam słyszeć. Przeżyłabym to – jeśli to oznaczałoby, że w ogóle mam żyć.

Przez chwilę pod powiekami widziałam twarz Freda. Powiedział, że poczeka na mnie jeden dzień. Ciekawe, czy dotrzyma słowa. Chciałabym móc mu powiedzieć prawdę o żółtookich i o wszystkim, czego wcześniej nie wiedzieliśmy. O świecie, o którym nie mieliśmy pojęcia. Byłoby cudownie móc go odkrywać. Zwłaszcza z kimś, przy kim byłabym niewidzialna i bezpieczna.

Ale Diega już nie było. Nie mógł wyruszyć ze mną na poszukiwanie Freda. Myślenie o przyszłości przynosiło jedynie ból.

Wciąż słyszałam co nieco z tego, co się działo dokoła, ale głównie było to wycie i kilka głosów. Nie rozpoznałam dziwnych głuchych uderzeń, które zresztą teraz przycichły. Przestałam się nad nimi zastanawiać. Udało mi się zrozumieć kilka słów, kiedy Carlisle mówił: „Musisz... – potem urwał i po chwili dodał: ...stąd teraz. Gdybyśmy mogli pomóc... Ale nie możemy odejść".

Usłyszałam też warknięcie, jednak tym razem dziwnie niegroźne. Wycie zmieniło się w niski jęk, który powoli cichł, jakby oddalając się ode mnie. Przez kilka minut panowała cisza. Znów usłyszałam stłumione głosy, wśród nich Carlisle'a i Esme, ale pozostałych nie znałam. Żałowałam, że nic nie czuję. Zamknięte oczy i zasłonięte uszy zmusiły mnie do szukania jakiejś innej informacji zmysłowej, lecz czułam tylko obrzydliwy, duszący dym. Wśród głosów wyróżniał się jeden, wyższy i donośniejszy niż pozostałe. Słyszałam go tak dobrze, że mogłam rozróżnić słowa.

– Jeszcze pięć minut – mówił ktoś. Byłam prawie pewna, że głos należy do dziewczyny. – A Bella otworzy oczy za trzydzieści siedem sekund. Nie wykluczam, że już nas słyszy.

Próbowałam zrozumieć cokolwiek. Czy jeszcze kogoś zmusili, by zamknął oczy, tak jak ja? A może ta dziewczyna myślała, że ja mam na imię Bella? Nie podałam swojego imienia nikomu. Znów spróbowałam coś wyczuć. Słyszałam jedynie pomruki. Wydawało mi się, że jeden głos zniknął – całkiem przestałam go rozpoznawać. Ale Jasper tak mocno przyciskał mi dłonie do uszu, że niczego nie byłam pewna.

– Trzy minuty – odezwał się wysoki, czysty głos tamtej dziewczyny.

Jasper puścił moją głowę.

– Lepiej otwórz oczy – nakazał, oddalając się na kilka kroków.

Powiedział to w taki sposób, że się przestraszyłam. Rozejrzałam się szybko dokoła, szukając ukrytego niebezpieczeństwa. Cały widok przysłaniał mi ciemny dym. Tuż obok Jasper marszczył czoło. Zacisnął zęby i patrzył na mnie z takim wyrazem twarzy... jakby też się bał. Nie mnie, ale raczej czegoś, co miało się wydarzyć z mojego powodu. Pamiętałam, co mówił wcześniej — o tym, że przeze mnie znajdą się w niebezpieczeństwie i zagrożą im jacyś... Volturi. Kim są ci Volturi? Nie umiałam sobie wyobrazić, czego może bać się taki doświadczony w walce, niebezpieczny wampir.

Za Jasperem dostrzegłam jeszcze cztery wampiry, odwrócone do mnie plecami. Jednym była Esme, a z nią siedzieli wysoka blond kobieta, drobna czarnowłosa dziewczyna i ciemnowłosy wampir, tak ogromny, że strach było nawet na niego patrzeć — to właśnie on zabił Kevina. Przez chwilę wyobraziłam sobie, że może złapał także Raoula. Ten obrazek sprawił mi dziwną przyjemność.

Za tym największym zobaczyłam jeszcze trzy kolejne wampiry. Nie widziałam dokładnie, co robią, bo olbrzym zasłaniał mi widok. Carlisle klęczał na ziemi, a obok niego stał chłopak z ciemnorudymi włosami. Na ziemi leżał jeszcze ktoś, ale widziałam jedynie dżinsy i niewielkie brązowe buty. Albo była to dziewczyna, albo młody mężczyzna. Pomyślałam, że może składają go do kupy.

A więc w sumie ośmioro żółtookich, plus ten wyjący, którego słyszałam wcześniej (musiał należeć do jakiegoś dziwnego rodzaju). Rozróżniłam jeszcze przynajmniej osiem innych głosów. Czyli szesnaście, a może nawet więcej. Przynajmniej dwa razy więcej, niż kazał nam się spodziewać Riley.

Nagle zaczęłam mieć nadzieję, że wampiry odziane w czarne peleryny złapią Rileya i godzinami będą go torturować.

Wampir leżący na ziemi zaczął się podnosić – to była dziewczyna, ale poruszała się tak niezgrabnie, powoli, jakby była słabym człowiekiem. Wiatr zmienił kierunek, nawiewając dym na twarze moją i Jaspera. Przez chwilę widziałam tylko jego. Nagle z jakiegoś powodu stałam się bardziej niespokojna. Jakbym odczuwała niepokój emanujący właśnie z Jaspera, kiedy stał tak blisko... Lekki wietrzyk znów zawrócił i nagle całkowicie odzyskałam wzrok i powonienie. Jasper syknął z wściekłością, popchnął mnie i powalił z powrotem na ziemię. To była ona – ludzka dziewczyna, na którą polowałam jeszcze kilka minut temu! To był zapach, na którym skoncentrowały się wszystkie moje myśli. Słodki, wilgotny zapach najsmaczniejszej krwi, jaką kiedykolwiek wyczułam. W ustach i w gardle zaczęło mnie palić jak nigdy dotąd.

Z desperacją próbowałam odzyskać zdrowy rozsądek – wiedziałam, że Jasper tylko czeka, aż znowu się zerwę, by mógł mnie zabić, ale nie byłam w stanie w pełni nad sobą zapanować. Czułam się tak, jakby coś rozrywało mnie na pół, ciągnęło w dwie różne strony. Ludzka dziewczyna o imieniu Bella przyglądała mi się zdziwionymi brązowymi oczami. Gdy na nią patrzyłam, było jeszcze gorzej. Widziałam krew płynącą pod cienką skórą. Próbowałam nie patrzeć, ale moje spojrzenie wciąż kierowało się na nią.

Rudowłosy wampir odezwał się do niej cicho:

– Poddała się. Tylko Carlisle mógł zaproponować coś takiego komuś tak młodemu. Jasper tego nie pochwala.

Widocznie Carlisle wyjaśnił mu wszystko, gdy miałam zasłonięte uszy. Rudy wampir obejmował ludzką dziewczynę, a ona przyciskała dłonie do jego piersi. Jej gardło znajdowało się zaledwie kilka centymetrów od jego ust, ale ona nie wyglądała, jakby się bała choć trochę, a on – jakby polował. Już wcześniej próbowałam jakoś poukładać sobie w głowie, że zgromadzeniu towarzyszy człowiek-maskotka, ale między tym dwojgiem istniało coś więcej. Gdyby ta Bella była wampirem, pomyślałabym, że są parą.

– Nic mu nie jest? – zapytała, mając na myśli Jaspera.

– To nic takiego, swędzą go tylko resztki jadu – odparł on.

– Ktoś go ugryzł? – spytała znów, zdziwiona samym pomysłem.

Kim była ta dziewczyna? Dlaczego wampiry pozwalały jej ze sobą być? Czemu jej nie zabiły? Jak to możliwe, że tak swobodnie się przy nich czuła, jakby się nie bała? Wyglądało na to, że jest częścią ich świata, ale nie rozumie wszystkiego. Oczywiście, że Jaspera ktoś pogryzł. Właśnie bił się – i zabił większość mojego zgromadzenia. Czy ona w ogóle miała pojęcie, czym byliśmy?

O rany, pieczenie w gardle stawało się nie do zniesienia! Próbowałam nie myśleć o tym, jak bardzo pragnę spłukać je krwią Belli, ale wiatr nawiewał jej zapach prosto w moją twarz! Było za późno, bym mogła się opanować – wyczułam zwierzynę, na którą polowałam, i nic nie mogło tego zmienić.

– Chciał być wszędzie naraz – wyjaśnił rudowłosy. – Byle tylko Alice nie miała nic do roboty. – Pokręcił głową, spoglądając na drobną, ciemnowłosą dziewczynę. – Alice nie potrzebuje taryfy ulgowej.

Wampirzyca o imieniu Alice rzuciła Jasperowi gniewne spojrzenie.

– Nadopiekuńczy głupek – powiedziała dźwięcznym głosem.

Jasper odwzajemnił spojrzenie, uśmiechając się lekko, i na chwilę zapomniał o moim istnieniu. A ja ledwie potrafiłam zwalczyć instynkt, który nakazywał mi skorzystać z jego nieuwagi i rzucić się na dziewczynę. Zajęłoby to tylko chwilę i jej ciepła krew (słyszałam, jak pulsuje) ugasiłaby żar w moim gardle. Była tak blisko...

Wampir z ciemnorudymi włosami dostrzegł moje napięcie i spojrzał na mnie ostrzegawczo.

Wiedziałam, że jeśli rzucę się na Bellę, on mnie zabije, ale pieczenie w gardle także oznaczało dla mnie śmierć. Bolało tak bardzo, że wydałam z siebie mimowolny okrzyk.

Jasper warknął na mnie. Z wszystkich sił starałam się nie drgnąć, ale zapach jej krwi był jak wielka ręka, która poderwała mnie z ziemi. Do tej pory ani razu nie musiałam powstrzymywać się przed zabiciem, jeśli zwietrzyłam ofiarę. Wbiłam palce w ziemię, bezskutecznie szukając jakiegoś punktu zaczepienia. Jasper przyjął pozycję do ataku, jednak nawet świadomość, że za chwilę umrę, nie mogła powstrzymać mojego pragnienia. I nagle tuż obok znalazł się Carlisle i położył dłoń na ramieniu Jaspera. Spojrzał na mnie dobrymi, spokojnymi oczami.

– Zmieniłaś może zdanie? – zapytał. – Nie chcemy cię zabić, ale będziemy do tego zmuszeni, jeśli nie weźmiesz się w garść.

– Jak wy to znosicie? – spytałam błagalnie. Czy Carlisle nie czuł tego żaru w gardle? – Jej krew mnie woła. – Wpatrywałam się w dziewczynę, marząc o tym, by odległość między nami nagle zniknęła. Palcami bezradnie grzebałam w kamienistej ziemi.

– Musisz to wytrzymać – poważnie odparł Carlisle. – Musisz nauczyć się kontrolować. To możliwe, i to dla ciebie teraz jedyna droga do ocalenia życia.

Jeśli tolerowanie bliskości człowieka – jak robiły to żółtookie wampiry – stało się moją jedyną nadzieją na ocalenie, to byłam skazana na śmierć. Nie potrafiłam znieść tego palącego bólu. Zresztą i tak nie miałam wyjścia. Nie chciałam umierać, nie chciałam czuć bólu, ale po co miałabym przeżyć? Wszyscy pozostali zginęli. Diego od dawna już nie żył. Diego... Jego imię cisnęło mi się na usta, prawie wypowiedziałam je na głos. Ale zamiast tego złapałam się tylko za głowę i próbowałam myśleć o czymś, co nie bolało. Nie o dziewczynie i o Diegu. Ale kiepsko mi szło.

– Czy nie powinieneś mnie zabrać w jakieś bezpieczniejsze miejsce? – nerwowo wyszeptała Bella, znów wyrywając mnie z zamyślenia. Spojrzałam na nią. Miała skórę tak cienką i miękką, że widziałam pulsującą na szyi krew.

– Musimy zaczekać – wyjaśnił wampir, do którego się przytulała. – Oni będą tu lada chwila, przyjdą od północy.

Oni? Zerknęłam w kierunku północnym, ale widziałam tylko dym. Czyżby miał na myśli Rileya i moją stwórczynię? Poczułam nagły przypływ paniki, a potem pojawiła się iskierka nadziei. Przecież to niemożliwe, by ta dwójka mogła stawić czoło żółtookim, którzy zabili wszystkich naszych, prawda? Nawet jeśli te wyjące wampiry zniknęły, to sam Jasper wyglądał na zdolnego zabić ją i Rileya.

A może miał na myśli tajemniczych Volturich?

Wiatr znów przywiał ludzki zapach w moją stronę i już nie byłam w stanie myśleć o niczym innym. Patrzyłam na dziewczynę, czując rosnące pragnienie. Odwzajemniła spojrzenie, ale zaskoczył mnie wyraz jej twarzy. Mimo że odsłoniłam zęby i drżałam, ledwie powstrzymując się przed skokiem, Bella w ogóle się mnie nie bała. Przeciwnie – wydawała się zafascynowana, jakby chciała ze mną porozmawiać albo przynajmniej o coś zapytać.

A potem Carlisle i Jasper odsunęli się ode mnie i podeszli do pozostałych wampirów i dziewczyny. Wszyscy patrzyli gdzieś w dal. Zrozumiałam, że ustawili się tak, bym oddzielała ich od tych, którzy nadchodzili z tyłu. Przysunęłam się do płonącego stosu, nie zwracając uwagi na bijący od niego żar. Może powinnam spróbować ucieczki? Czy są na tyle zajęci czymś innym, że zdołam się wymknąć? Ale dokąd miałam pójść? Do Freda? Żyć samotnie? Odnaleźć Rileya i zmusić go, by zapłacił za to, co zrobił Diegowi?

Gdy wahałam się, rozważając ostatnią możliwość, dogodny moment na ucieczkę minął. Usłyszałam poruszenie gdzieś na północ od nas i zostałam uwięziona między żółtookimi a tymi, którzy nadchodzili.

– Hm… – rozległ się trupi głos za moimi plecami.

Wystarczył jeden pomruk, a ja wiedziałam już, do kogo ten głos należy. Gdybym nie zamarła jak słup soli z przerażenia, próbowałabym uciekać, gdzie pieprz rośnie. Wampiry w ciemnych pelerynach.

Co oznaczało ich przybycie? Czy miała rozpocząć się nowa bitwa? Wiedziałam, że ci w pelerynach życzyli mojej stwórczyni powodzenia w zniszczeniu żółtookich. Ale o n a najwidoczniej zawiodła. Czy to znaczyło, że j ą zabiją? A może zamiast n i e j zabiją Carlisle'a, Esme i pozostałych? Gdyby wybór należał do mnie, nie zastanawiałabym się ani chwili – ci, którzy mnie pojmali, ocaleliby.

Nowo przybyli stanęli twarzą w twarz z żółtookim klanem. Nikt nie patrzył w moją stronę, a ja ani drgnęłam. Była ich tylko czwórka, tak jak ostatnio. Ale to, że żółtookich było siedmioro, nie dawało im żadnej przewagi. Tak samo jak Riley i moja stwórczyni, żółtoocy dobrze wiedzieli, że z tamtymi trzeba bardzo uważać. W tych wampirach było coś, czego wzrok nie ogarniał, ale bez trudu dało się to wyczuć. Oni wymierzali kary i nigdy nie przegrywali.

– Witaj, Jane – odezwał się jeden z żółtookich, ten który trzymał dziewczynę.

Znali się. Ale głos rudowłosego wampira nie był przyjazny; nie był też słaby i służalczy jak Rileya ani przerażony jak mojej stwórczyni. Wampir mówił tonem zimnym, grzecznym i w ogóle nie wyglądał na zaskoczonego. A więc ci w pelerynach to Volturi?

Drobna wampirzyca, która ich prowadziła – Jane – uważnie przyjrzała się siedmiorgu żółto-okich i dziewczynie, a potem w końcu spojrzała na mnie. Po raz pierwszy zobaczyłam jej twarz. W ludzkich latach była młodsza ode mnie, w wampirzych – dużo starsza. Miała oczy barwy ciemno-czerwonych jedwabistych róż. Wiedziałam, że jest za późno, abym uciekła niezauważona, dlatego spuściłam tylko głowę i objęłam ją rękami. Myślałam, że jeśli dam do zrozumienia, iż nie chcę walczyć, Jane potraktuje mnie równie łagodnie jak Carlisle. Ale nie bardzo na to liczyłam.

– Nie rozumiem... – beznamiętny głos Jane zdradzał lekką irytację.

– Poddała się – wyjaśnił rudowłosy.

– Poddała się? – warknęła Jane.

Podniosłam nieco wzrok i zobaczyłam, że Volturi wymieniają spojrzenia. Rudowłosy powiedział wcześniej, że żaden inny wampir w historii się nie poddał. Zapewne oni także o tym wiedzieli.

– Carlisle dał jej wybór – rzekł rudowłosy. Widocznie był swego rodzaju rzecznikiem żółto-okich, choć wydawało mi się, że właśnie Carlisle powinien być liderem.

– Ci, którzy nie przestrzegają reguł, nie mają prawa wyboru – oświadczyła Jane głosem wyzutym z jakichkolwiek emocji.

Czułam lodowaty chłód ogarniający całe moje ciało, ale przestałam panikować. Śmierć wydawała się już nieunikniona.

Carlisle odezwał się, mówiąc łagodnie do Jane:

— Jej los jest w waszych rękach. Pomyślałem tylko, że gdyby zdecydowała się nas nie atakować, nie byłoby potrzeby jej likwidować. Nigdy nie uczono jej naszych praw.

Choć nie opowiadał się po żadnej ze stron, odniosłam wrażenie, że jednak chce mnie bronić. Tyle że mój los nie zależał już od niego.

— To nie ma tu nic do rzeczy — potwierdziła moje obawy Jane.

— Nie będę się spierał.

Jane patrzyła na Carlisle'a, jakby wciąż rozważała jego słowa. Pokręciła głową i jej twarz znów straciła jakikolwiek wyraz.

— Aro miał nadzieję, że zapuścimy się dostatecznie daleko na zachód, żeby się z tobą spotkać, Carlisle. Przesyła pozdrowienia — powiedziała.

— Byłbym wdzięczny, gdybyś i mnie posłużyła za posłańca — usłyszała w odpowiedzi.

Jane się uśmiechnęła.

— Proszę bardzo. — Potem znów spojrzała na mnie, wciąż lekko wykrzywiając usta w uśmiechu. — Najwyraźniej nie zostawiliście nam nic do roboty... no, prawie nic. Tak z zawodowej ciekawości, ilu ich było? Zdołali sterroryzować całe miasto.

Mówiła o „robocie" i „zawodowej ciekawości".
Miałam więc rację – ich zadaniem było wymie-
rzanie kar i wykonywanie wyroków. A skoro mogli
karać, istniały zapewne zasady, które niektórzy ła-
mali. Carlisle powiedział już wcześniej: „Przestrzegamy ich zasad" oraz „Nie ma prawa, które zabrania kreowania wampirów, pod warunkiem że ten,
kto je stworzył, potrafi je kontrolować". Riley i moja stwórczyni bali się, ale nie zdziwiło ich nadejście
Volturich. Wiedzieli o istnieniu praw i byli świado-
mi, że je łamią. Tylko dlaczego nam nie powiedzieli? Okazało się też, że istnieli inni Volturi, poza tą
czwórką. Ktoś o imieniu Aro i jeszcze zapewne
wielu innych, co wyjaśniało, czemu wszyscy tak
bardzo się ich bali.

Na pytanie Jane Carlisle odpowiedział:

– Z tą tu osiemnastu.

Wśród Volturich przeszedł ledwie słyszalny
szmer.

– Osiemnastu? – powtórzyła Jane lekko zdziwiona. Nasza stwórczyni nie powiedziała Jane, ilu
nas stworzyła. Czy zdziwienie Jane było prawdziwe, czy tylko udawała?

– Sami nowo narodzeni – dodał Carlisle. – Zupełnie niedoświadczeni.

Niedoświadczeni i nieświadomi, dzięki Rileyowi.
Zaczynałam już rozumieć, jak postrzegają nas te
starsze wampiry. „Nowo narodzona", tak nazwał
mnie Jasper. Jakbym była niemowlęciem.

– Sami? – warknęła Jane. – To kto ich stworzył?

Jakby nie wiedziała. Jane była większą kłamczuchą niż Riley i okazała się zdecydowanie bardziej od niego przekonująca.

– Na imię jej było Victoria – odparł rudowłosy wampir.

Skąd znał j e j imię, skoro nawet ja go nigdy nie słyszałam? Przypomniało mi się, że Riley wspomniał, iż wśród żółtookich jest jeden, który potrafi czytać w myślach. Czy to dlatego wszystko wiedzieli? A może Riley kłamał i w tej kwestii?

– Było? – spytała Jane.

Rudowłosy wskazał kiwnięciem głowy na wschód. Spojrzałam tam i zobaczyłam chmurę gęstego liliowego dymu unoszącego się ze zbocza góry. B y ł o. Poczułam podobną przyjemność jak wtedy, gdy wyobrażałam sobie, że Jasper rozrywa na strzępy Raoula – tyle że dużo, dużo większą.

– Czyli osiemnastu plus Victoria, tak? – z namysłem spytała Jane.

– Zgadza się – potwierdził rudowłosy. – Miała też jednego przy sobie. Nie był taki młody jak te tutaj, ale nie miał więcej niż rok.

Riley. Czułam radość i satysfakcję. Jeśli – no dobrze, kiedy – umrę, przynajmniej nie zostawię niezałatwionych spraw. Diego został pomszczony. Prawie się uśmiechnęłam.

– Zatem dwudziestu – westchnęła Jane. Albo naprawdę nie spodziewała się tak wielkiej liczby, albo była genialną aktorką. – Kto zajął się Victorią?

– Ja – zimno odpowiedział wampir z rudymi włosami.

Kimkolwiek był, bez względu na to, dlaczego trzymał przy sobie tę ludzką dziewczynę, stał się moim przyjacielem. Nawet jeśli to on miał mnie zaraz zabić, i tak byłam jego dłużniczką.

Jane odwróciła się, by spojrzeć na mnie spod zmrużonych powiek.

– Ty tam! – warknęła. – Jak masz na imię?

Dla niej i tak byłam już martwa. Po co miałabym więc mówić jej cokolwiek. Odwzajemniłam tylko spojrzenie. Jane się uśmiechnęła – radosnym, jasnym uśmiechem niewinnego dziecka.

I wtedy zaczęłam płonąć. Jakbym cofnęła się w czasie do tamtej najgorszej nocy mojego życia. Ogień pulsował w każdym kawałku mojego ciała, w każdej tętnicy, przenikał szpik każdej kości. Czułam się tak, jakby żywcem wrzucono mnie do pogrzebowego stosu mojego zgromadzenia i jakby ze wszystkich stron otaczały mnie płomienie. Nie było ani jednej komórki, której nie rozrywałby niemożliwy do zniesienia ból. Nie słyszałam nawet swoich własnych krzyków.

– Jak masz na imię? – powtórzyła Jane, a gdy się odezwała, ogień zniknął. Jak gdyby nigdy nic, jakbym go sobie wymyśliła.

– Bree – odparłam tak szybko, jak mogłam, wciąż dysząc, choć ból ustał.

Jane uśmiechnęła się raz jeszcze i ogień powrócił. Ile jeszcze cierpienia będę musiała znieść, zanim w końcu umrę? Krzyk, który dobywał się z moich ust, zdawał się należeć do kogoś innego. Czemu ktoś po prostu nie mógł oderwać mi głowy? Carlisle był dobry, mógł to zrobić, prawda? Albo ten wampir, który czyta w myślach – ktoś z nich mógłby mnie zrozumieć i to zakończyć.

– I tak powie ci wszystko, co chcesz wiedzieć – rzucił rudowłosy. – Nie musisz jej tego robić.

Żar znów zniknął, jakby Jane wcisnęła wyłącznik. Padłam twarzą do ziemi, dysząc, jakby brakowało mi powietrza.

– Och, wiem o tym – oznajmiła wesoło Jane, po czym zawołała mnie po imieniu.

Wzdrygnęłam się, oczekując bólu, ale tym razem dała mi spokój.

– Czy historia, którą tu usłyszeliśmy, jest prawdziwa? – spytała. – Było was dwudziestu?

Słowa same wydobywały się z moich ust.

– Dziewiętnastu albo dwudziestu, może więcej, nie wiem! Sara i taki jeden, nie wiem, jak miał na imię, wdali się po drodze w bójkę...

Czekałam, aż Jane żywym ogniem ukarze mnie za brak lepszej odpowiedzi, ale zamiast tego pytała dalej:

– A co z Victorią? Czy to ona was stworzyła?

– Nie wiem – przyznałam ze strachem. – Riley nigdy nie nazywał jej po imieniu. A wtedy, w nocy... było tak ciemno i tak bolało... – Wzdrygnęłam się. – Nie chciał, żebyśmy mogli o niej myśleć. Mówił, że nasze myśli mogą zostać podsłuchane...

Jane zerknęła na rudowłosego, a potem znów spojrzała na mnie.

– Powiedz mi coś więcej o tym Rileyu – nakazała. – Dlaczego was tutaj przyprowadził?

Zaczęłam recytować kłamstwa Rileya tak szybko, jak potrafiłam.

– Powiedział, że mamy zlikwidować gromadę żółtookich. Bo Seattle to ich terytorium i już niedługo po nas przyjdą, więc lepiej ich uprzedzić. Mieliśmy ich załatwić w dziesięć minut, tak nam powiedział. Gdybyśmy wygrali, całe miasto byłoby tylko dla nas. Tyle krwi! Dał nam do powąchania jej rzeczy. – Podniosłam rękę, żeby wskazać Bellę. – Powiedział, że tak ich rozpoznamy, że żółtoocy będą tam, gdzie ona. Jak ktoś by ją znalazł, miał obiecane, że będzie tylko dla niego – wyjaśniłam.

– Jak widać, Riley pomylił się co do stopnia trudności tego starcia – skomentowała ironicznie Jane.

Chyba była zadowolona z tego, co powiedziałam. Zrozumiałam nagle, że jej ulżyło, bo z moich słów wynikało, iż Riley nie powiedział ani mnie, ani pozostałym o wizycie, jaką Volturi złożyli Victorii. Moja wersja była odpowiednia, by przedstawić ją żółtookim – nie mieszała bowiem w sprawę ani Jane, ani pozostałych w pelerynach. Mogłam grać dalej. Z nadzieją, że ten, który czyta w myślach, i tak zna całą prawdę. Nie potrafiłam odegrać się na niej, na tym potworze, ale mogłam opowiedzieć wszystko żółtookim za pomocą myśli. Przynajmniej tak się łudziłam.

Skinęłam więc głową, przytakując Jane, podniosłam się i usiadłam prosto, chcąc zwrócić na siebie uwagę tego, który czytał moje myśli. Opowiadałam dalej tę wersję historii, którą znali wszyscy z mojego zgromadzenia. Zachowywałam się tak, jakbym była Kevinem. Głupim jak but i zupełnie nieświadomym.

– Nie wiem, co się stało. – To akurat była prawda. Przebieg bitwy zaskoczył mnie. Nie widziałam na przykład nikogo z grupy Kristie. Czy zabiły ich owe wyjące wampiry? Ten sekret lepiej zachować dla żółtookich. – Rozdzieliliśmy się, ale tamci nigdy nie wrócili. I Riley nas zostawił, i nie wrócił nam pomóc, tak jak obiecał. A potem się zaczęło i wszędzie latały tylko takie białe kawałki. – Wzdrygnęłam się na wspomnienie bezgłowego tułowia, na który wpadłam. – Bardzo się bałam. Chciałam uciekać. – Wskazałam głową Carlisle'a. – I wtedy ten żółtooki powiedział, że jeśli przestanę walczyć, nic mi nie zrobią.

Nie chciałam zdradzać Carlisle'a, ale akurat to Jane już wiedziała.

– Tak, tyle że on nie jest upoważniony do oferowania takich prezentów – powiedziała Jane. Wyglądało na to, że dobrze się bawi. – Złamałaś nasze zasady i musisz ponieść konsekwencje.

Wciąż udając idiotkę, patrzyłam na nią tak, jakbym nie potrafiła pojąć jej słów.

Jane spojrzała na Carlisle'a.

– Jesteś pewien, że wyłapaliście wszystkich? Tych, co się rozdzielili, również?

Skinął głową.

– My też się rozdzieliliśmy.

A więc tamte wyjące wampiry dopadły Kristie. Miałam nadzieję, że czymkolwiek naprawdę były, okazały się bardzo, bardzo przerażające. Kristie na to zasłużyła.

– Nie mogę zaprzeczyć, że mi zaimponowaliście. – Jane zdawała się mówić szczerze i nawet jej uwierzyłam. Przecież liczyła na to, że armia Victorii wygra tę bitwę z żółtookimi, a tymczasem ponieśliśmy klęskę.

Jej trzej towarzysze wydali z siebie pomruk aprobaty.

– Nigdy jeszcze nie widziałam, żeby ktoś wygrał mimo takiej przewagi liczebnej przeciwnika i nie poniósł przy tym żadnych strat – ciągnęła Jane. – Czy macie na to jakieś wytłumaczenie?

To ekstremalne zachowanie, zważywszy na wasz styl życia. I czemu kluczem była ta wasza mała? – Z niechęcią zerknęła na Bellę.

– Victoria żywiła do Belli urazę – wyjaśnił rudowłosy.

A więc cała strategia Rileya w końcu nabrała sensu. On chciał po prostu zabić dziewczynę i nie było istotne, ilu nas będzie potrzeba, aby tego dokonać.

Jane zaśmiała się radośnie.

– Wasza mała... – uśmiechnęła się do dziewczyny tak samo, jak przedtem do mnie – ...zdaje się wywoływać u przedstawicieli naszej rasy nadzwyczaj silne reakcje.

Belli nic się nie stało. Może Jane nie chciała jej skrzywdzić, a może jej okropna umiejętność działała wyłącznie na wampiry.

– Czy mogłabyś tak nie robić? – zażądał rudowłosy głosem spokojnym, ale pełnym kontrolowanej złości.

Jane po raz kolejny się uśmiechnęła.

– Tak tylko sprawdzam. Nic jej nie jest, prawda?

Próbowałam zachować niewinny wyraz twarzy i nie zdradzić swego zainteresowania. A więc Jane nie mogła krzywdzić Belli tak, jak krzywdziła mnie, i widocznie było to nienormalne. Wprawdzie Jane udawała rozbawienie, lecz widziałam, że dostaje szału. Może dlatego żółtoocy tolerowali tę ludzką dziewczynę? Ale skoro Bella była tak wyjątkowa, czemu po prostu nie zmienili jej w wampira?

– Cóż, nie zostało nam wiele do roboty – powtórzyła Jane zupełnie beznamiętnym tonem.
– Dziwne. Nie jesteśmy przyzwyczajeni do tego, że się nas wyręcza. No i pluję sobie w brodę, że przegapiliśmy bitwę. Musiał być to wyjątkowo zajmujący spektakl.

– Tak – przyznał rudowłosy. – A byliście już tak blisko. Wystarczyło się tu zjawić pół godziny wcześniej. Mielibyście też wówczas okazję spełnić swój obowiązek.

Z trudem powstrzymałam uśmiech. A więc rudowłosy wampir w istocie czytał w myślach i zrozumiał wszystko, co chciałam mu przekazać. Jane się nie upiecze. W tej chwili patrzyła na rudowłosego ze zdziwieniem.

– Wielka szkoda, że wyszło, jak wyszło, nieprawdaż?

Wampir skinął głową, a ja zastanawiałam się, czy potrafi czytać także w myślach Jane.

Ona natomiast spojrzała na mnie, ukazując swoją twarz bez wyrazu. W jej oczach widziałam jedynie pustkę, ale czułam, że mój czas się skończył. Dostała ode mnie to, czego potrzebowała. Nie wiedziała tylko, że przekazałam również tamtemu wszystko, co wiedziałam. I że chroniłam tajemnice jego zgromadzenia. Byłam mu to winna. Ukarał Rileya i Victorię. Zerknęłam na niego kątem oka i pomyślałam: *Dziękuję*.

– Felix? – leniwie rzuciła Jane.

– Czekaj – przerwał jej rudowłosy.

Odwrócił się w stronę Carlisle'a i zaczął szybko mówić:

– Czy nie moglibyśmy wytłumaczyć jej, jakie są zasady? Wydaje się skłonna do nauki. Nie wiedziała, że występuje przeciwko prawu.

– Oczywiście, że moglibyśmy się nią zająć – natychmiast odpowiedział Carlisle, patrząc na Jane. – Jestem gotowy przyjąć ją pod swoje skrzydła.

Jane wyglądała tak, jakby zastanawiała się, czy tamci dwaj żartują.

A ja mogłam się jedynie wzruszyć. Żółtookie wampiry mnie nie znały, ale zaryzykowały dla mnie życie. Wiedziałam, że i tak nic to nie pomoże, ale byłam im wdzięczna.

– Nie robimy wyjątków – odparła rozbawiona Jane. – I nie dajemy nikomu jeszcze jednej szansy. Zaszkodziłoby to naszej reputacji.

Czułam się tak, jakby rozmawiali o kimś innym. Nie przejmowałam się tym, że Jane chce mnie zabić. Wiedziałam też, że żółtoocy jej nie powstrzymają. Jane należała do wampirzej policji. Ale ta policja była skorumpowana – i to poważnie – a ja przyczyniłam się do tego, że żółtoocy już o tym wiedzieli.

– Właśnie, *à propos*... – ciągnęła Jane, wbijając wzrok w Bellę i uśmiechając się szeroko. – Kajusza na pewno zainteresuje fakt, że jesteś ciągle człowiekiem, Bello. Być może zdecyduje się złożyć wam wizytę.

Ciągle człowiekiem. A więc mieli zamiar przemienić dziewczynę w wampira. Ciekawe, na co czekali.

– Mamy już ustalony termin – wtrąciła się po raz pierwszy drobna wampirzyca z krótkimi czarnymi włosami i czystym głosem. – Być może to my za kilka miesięcy złożymy wam wizytę.

Z twarzy Jane natychmiast zniknął uśmiech. Wzruszyła ramionami, nie zaszczycając czarnowłosej wampirzycy nawet spojrzeniem, i zrozumiałam, że choć mocno nienawidzi Belli, to dziesięć razy bardziej nienawidzi żółtookiej. Jane odwróciła się do Carlisle'a i rzuciła lekceważąco:

– Miło było cię znowu zobaczyć, Carlisle. A sądziłam, że Aro przesadza... Cóż, do następnego razu.

I nadszedł ten moment. Wciąż nie czułam strachu. Żałowałam tylko, że nie zdążyłam zdradzić więcej Fredowi. Wszedł nieprzygotowany w ten świat pełen niebezpiecznej polityki, skorumpowanych gliniarzy i tajnych zgromadzeń. Ale Fred jest inteligentny, ostrożny i utalentowany. Co mu zrobią, skoro nawet go nie zobaczą? Może żółtoocy pewnego dnia spotkają Freda.

Bądźcie dla niego dobrzy, przekazałam rudowłosemu wampirowi.

— Pośpiesz się, Felix — nakazała Jane swojemu kompanowi, skinąwszy głową w moją stronę. — Wracajmy już do domu.

— Zamknij oczy — szepnął rudowłosy wampir.

Tak zrobiłam.

Podziękowania

Jak zawsze jestem bardzo wdzięczna wszystkim, dzięki którym powstała ta książka: moim chłopcom Gabe'owi, Sethowi i Eliemu, mojemu mężowi Pancho, moim rodzicom Stephenowi i Candy, moim cudownym przyjaciółkom Jen H., Jen L., Meghan, Nic i Shelly, mojej agentce ninja Jodi Reamer, mojej „baffy" Shannon Hale, wszystkim moim przyjaciołom i mentorom w wydawnictwie Little, Brown and Company, zwłaszcza Davidowi Youngowi, Asyi Muchnick, Megan Tingley, Elizabeth Eulberg, Gail Doobinin, Andrew Smithowi i Tinie McIntyre, a przede wszystkim – moim czytelnikom. Jesteście najlepszymi odbiorcami, jakich można sobie wyobrazić. Dziękuję!

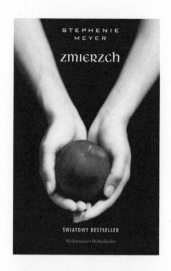

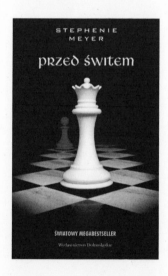

Przeczytaj wszystkie części megabestsellerowej sagi „Zmierzch", która zdobyła miliony fanów na całym świecie. Poznaj historię miłości Belli i Edwarda, zwykłej nastolatki i niezwykłego wampira…

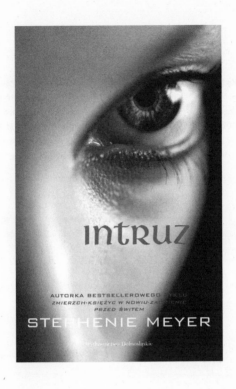

INTRUZ to pierwsza książka Stephenie Meyer napisana z myślą
o dorosłych czytelnikach. Opowiada o przyszłości, w której świat
został opanowany przez niewidzialnego wroga. Najeźdźcy przejęli
ludzkie ciała i wiodą w nich normalne życie. Jedną z ostatnich nie-
zasiedlonych, wolnych istot ludzkich jest Melanie. Wpada jednak
w ręce wroga, a w jej ciele zostaje umieszczona wyjątkowa dusza
o imieniu Wagabunda. Nie spodziewa się ona, że poprzednia wła-
ścicielka ciała będzie stawiać tak zażarty opór. Tytułowy intruz nie
potrafi oddzielić swoich uczuć od pragnień ciała kobiety i zaczyna
tęsknić za ukochanym Melanie, którego miał pomóc schwytać.
Wkrótce Wagabunda i Melanie stają się sojuszniczkami i wyrusza-
ją na poszukiwanie człowieka, którego obie kochają.

GRUPA WYDAWNICZA
PUBLICAT S.A.

Firma rozpoczęła swoją działalność w 1990 roku pod nazwą Podsiedlik-Raniowski
i Spółka. W 2004 roku przyjęto nazwę PUBLICAT S.A., w tym samym roku
w skład grupy PUBLICAT weszło wrocławskie Wydawnictwo Dolnośląskie.
W 2005 roku dołączyło do niej katowickie Wydawnictwo Książnica.
Rok 2006 to objęcie nazwą Papilon programu książek dla dzieci.
W roku 2007 częścią grupy stała się warszawska Elipsa.

Papilon – baśnie i bajki, klasyka polskiej poezji dla dzieci, wiersze
i opowiadania, książki edukacyjne, nauka języków obcych dla dzieci

Publicat – książki kulinarne, poradniki, książki popularnonaukowe,
literatura krajoznawcza, hobby, edukacja

Elipsa – albumy tematyczne: malarstwo, historia, krajobrazy
i przyroda, albumy popularnonaukowe

Wydawnictwo Dolnośląskie – literatura faktu i poradnikowa,
historia, biografie, literatura współczesna, kryminał i sensacja,
fantastyka, literatura dziecięca i młodzieżowa

Książnica – literatura kobieca, powieść historyczna, powieść
obyczajowa, fantastyka, sensacja, thriller i horror, beletrystyka
w wydaniu kieszonkowym, książki popularnonaukowe

Publicat S.A., 61-003 Poznań, ul. Chlebowa 24, tel. 61 652 92 52, fax 61 652 92 00
e-mail: office@publicat.pl, www.publicat.pl
Oddział w Katowicach: Wydawnictwo Książnica, 40-160 Katowice, Al. W. Korfantego 51/8,
tel. 32 203 99 05, fax 32 203 99 06, e-mail: ksiaznica@publicat.pl
Oddział we Wrocławiu: Wydawnictwo Dolnośląskie, 50-010 Wrocław, ul. Podwale 62,
tel. 71 785 90 40, fax 71 785 90 66, e-mail: wydawnictwodolnoslaskie@publicat.pl
Oddział w Warszawie: 00-466 Warszawa, ul. Polna 46/7